Für Michaela

Christine Tapking

Toter als tot

Kriminalroman

Querverlag

Alle Charaktere, Schauplätze und Handlungen in diesem Roman sind frei erfunden. Ähnlichkeiten mit lebenden und toten Personen sind unbeabsichtigt.

Erste Auflage März 2011

Umschlag und grafische Realisierung von Sergio Vitale
unter Verwendung eines Fotos von Fotolia (©voluta).
Gesamtherstellung: Finidr
ISBN 978-3-89656-189-3
Printed in the Czech Republic.

Bitte fordern Sie unser Gesamtverzeichnis an:
Querverlag GmbH und Salzgeber & Co. Medien GmbH
Mehringdamm 33, 10961 Berlin
www.querverlag.de • www.salzgeber.de

Kapitel 1

„Fridolin!“ Ich pfiff so laut ich konnte. „Fridolin, komm da raus!“ Mein Atem bildete weißen Nebel. Rascheln und Scharren im Gebüsch.

„Fridolin, wenn du nicht sofort da rauskommst, gibt’s Brathund!“ Frido beeindruckt diese Drohung nie besonders, aber ich spreche sie immer wieder gerne aus. Ich finde sie anarchistisch und freue mich jedes Mal über den hohen, sadistischen Berufskiller-Singsang, den ich dabei benutze. Solche Spielchen machen mir Spaß.

Ein feuchter Erdklumpen flog aus dem Gebüsch und traf meine Hose. Resigniert ob seiner Sturheit klopfte ich das sandige Hosenbein ab. Ich versuchte Autorität geltend zu machen. „Lass den Busch stehen und komm raus. Mir ist kalt. Ich will nach Hause!“

Der Hund kroch bellend aus dem Gebüsch, sprang an mir hoch, hinterließ ein matschiges Muster auf meinem Mantel und war eine Sekunde später wieder hinter den Blättern verschwunden. Fridolin kann es nicht leiden, wenn man ihm in seine Angelegenheiten redet. Ich auch nicht. Wir sind wie füreinander geschaffen.

„Ich hoffe, du hast da drin den Hope-Diamanten gefunden, Frido. Ich weiß nicht, womit du dein Verhalten sonst rechtfertigen willst …“ Mit klammen Fingern schob ich die Blätter auseinander und spähte in das dunkle Gebüsch. Der Tote trug einen dreifarbigen Trainingsanzug, Stirnband und Laufschuhe. Ein Jogger. Um diese Spezies mache ich am liebsten einen großen Bogen. Sportliche Menschen kommen mit ihrem Leben immer so fabelhaft zurecht. Sie sind, wie man sein sollte. Ich mag sie nicht. Meistens fühle ich mich in ihrer Gegenwart wie ein obskures Element. Im Augenblick allerdings schien mir die Situation des Sportsmanns im Busch weitaus obskurer als meine eigene. Ich fragte mich, was ihn wohl zur Strecke gebracht hatte. Spuren von Gewaltanwendung konnte ich nicht erkennen, zumindest nicht aus meiner Position – ich steckte bereits bis zur Taille in den feuchten Blättern und wollte mich der Leiche nicht weiter nähern.

„Fridolin, komm mit, der Herr riecht bestimmt nicht gut.“

Frido sah die Leiche an und kläffte.

„Wo, sagst du, liegt der Mann?“ Hanne Harms, den diensthabenden Polizisten im Dorf, kenne ich schon seit der Grundschule. Wir sind in dieselbe Klasse gegangen und er ist immer noch mein bester Freund.

„Im Gebüsch an dem kleinen Trampelpfad hinter der Wiesenstraße. Frido hat ihn entdeckt.“

„Kennst du ihn?“

„Nein. Ich nehme an, er ist nicht von hier.“

„Sonst würdest du ihn kennen.“ Hier im Dorf kennen sich alle.

„Er hat einen Trainingsanzug an und so ein albernes Stirnband dazu. Sah aus, als ob er direkt vom Laufen käme."

„Und ich dachte schon, dass hier nie was läuft." Hanne griff mit ungewohntem Enthusiasmus nach dem Autoschlüssel. „Dann bewegen wir uns mal an den Tatort."

Kapitel 2

„Wie viel ist denn noch da von dem guten Sauvignon?" Hanne kletterte aus dem Gebüsch und klopfte ein paar Blätter von seiner Polizeijacke.

„Vier volle Kisten. Falls du andeuten willst, dass ich halluziniere, kann ich dich beruhigen." Ich schlug den Fuß an einen Stein, um die feuchte Erde loszuwerden, die an meinem Schuh klebte, und um meine Verwirrung zu verbergen. Der Tote war verschwunden.

„Er war eben noch hier. Der Hund erkennt die Stelle auch wieder." Fridolin schnüffelte an den Blättern und wedelte freundlich mit dem Schwanz.

„Die Leiche scheint gut in Form gewesen zu sein. Ist wahrscheinlich nach Hause gelaufen und steht in dieser Minute unter der heißen Dusche." Genau das wünschte Hanne sich vermutlich auch. Wir hatten das ganze Gebüsch durchkämmt und langsam kroch die Kälte durch unsere Kleidung.

„Der Mann war tot. Tote duschen nicht."

„Wie viele Tote sind dir denn in deinem Leben schon begegnet?"

„Drei, dieser ausgenommen.“

„Und sie bevorzugten alle Wannenbäder?“

„Dazu, Herr Oberhauptkommissar, kann ich keine verbindliche Auskunft geben.“

„Nun ja. Ich denke, ein Glas Sauvignon könnte mir helfen, über diesen Tatbestand hinwegzusehen.“

„Den Trainingsanzug kann ich genau beschreiben.“ Ich legte noch ein paar Holzscheite in den Kamin. „So ein scheußlicher aus Ballonseide. Mit lila, türkis und schwarz. Knistert, wenn man sich drin bewegt. Entstellt jeden. Man fragt sich, warum es so viele Menschen gibt, denen diese Hässlichkeit gar nicht auffällt. Vielleicht, weil sie selber so hässlich sind.“

„Achtung. Jetzt kommt der Menschenhass.“ Hanne grinste mich an und nahm noch einen Schluck Wein. Er kniff die Augen leicht zusammen und senkte die Stimme „Ich wette, du hast ihn erledigt, Schurke.“ Als John Wayne war Hanne großartig . „Und das nur, weil er den falschen Anzug trug. Gib's zu.“

„Klar.“ Ich fuchtelte wild mit dem Schürhaken herum. „Ich erledige jeden, dessen Anzug mir nicht passt.“

„70 Kilo bei 1,92. Wessen Anzug sollte dir auch passen?“ Hanne beäugte skeptisch seinen eigenen Bauchansatz.

„Ich lasse maßschneidern. Falls du übrigens wissen willst, was ich mit den Leichenteilen mache, sieh einfach aus dem Fenster.“ Fridolin rannte mit wehenden Ohren über den Kopfsteinweg. In seinem Maul ein sauber abgenagter Knochen. „Und wie geht's jetzt weiter?“

„Ich trink noch was.“ Hanne hielt die Weinflasche hoch.

„Mit der Leiche, meine ich. Der Mörder kann sie ganz in Ruhe weggeschafft haben, während ich bei dir war.“

„Stimmt. Aber bevor sie nicht wieder auftaucht oder irgendwo vermisst wird, kann die Polizei nichts unternehmen."

„Hanne?"

„Noch 'n Schluck?"

„Bitte." Ich dachte schon die ganze Zeit darüber nach. Aber ich wagte nicht, Hanne darauf anzusprechen. Er hält mich für einen Sicherheitsfanatiker. Ich ziehe vor jeder Reise die Stecker der Elektrogeräte heraus. Er zieht mich damit auf. Nun fragte ich mich, ob ich als derjenige, der die Leiche gefunden hatte, irgendwie in Gefahr war. Der Mörder könnte mich immerhin gesehen und erkannt haben. Ich starrte in den Kamin und trank.

Kapitel 3

Ich glaube, ich habe laut geschrien. Mein ganzer Körper war schweißnass. Mein Herz raste. Ich fühlte eine beängstigende Beklemmung in der Brust und bekam einen Moment lang keine Luft. Ein streng riechender Atem schlug mir ins Gesicht.

Frido war zuletzt als Welpe zu mir ins Bett gesprungen. Jetzt lastete das volle Gewicht des ausgewachsenen Hundes auf meinem Oberkörper. „Fridolin.“ Ich versuchte durchzuatmen. „Willst du mich umbringen? Geh runter.“ Frido bellte und rührte sich nicht von der Stelle. „Raus hier, Frido. Mach schon.“ Ich befreite einen Arm und schob den Hund aus dem Bett. Fridolin gab nicht auf. Aufgeregt bellend sprang er an mir hoch, als ich versuchte, mich aufzurichten.

„Also. Wo liegt das Problem?“

Der Hund lief zur Schlafzimmertür und wartete. Immer noch leicht benommen folgte ich ihm.

Beim Anblick der toten Ratte, die in der Küche zwischen den beiden Weinflaschen lag, die ich mit Hanne geleert hatte, drehte sich mir fast der Magen um. Ich bin hier aufgewachsen, hier im Dorf, in diesem Haus, aber ich konnte mich nicht erinnern, jemals eine Ratte auf dem Grundstück, geschweige denn drinnen gesehen zu haben. Ich schüttelte mich. Meinen Ekel vor Spinnen und Insekten im Allgemeinen habe ich inzwischen ganz gut im Griff. Als alleinlebender Landbewohner blieb mir auch nichts anderes übrig. Die meiste Zeit meines Erwachsenenlebens war niemand in Reichweite, der die beängstigenden Tiere für mich hätte entfernen können. Abgesehen davon ist ein Mann mit Spinnenphobie vermutlich nicht besonders attraktiv. Ich riss mich zusammen, griff nach Handfeger und Schaufel und beförderte die Ratte mit Hilfe der Kehrausrüstung und mit weit vom Körper gestreckten Armen zur Hintertür, die direkt von der Küche nach draußen führt. Sie war nur angelehnt. Irritiert betrachtete ich den Schlüssel, der von innen im Schloss steckte, und vergaß eine Sekunde die Ratte auf der Schaufel. Ich versäume nie, auch nach einer Flasche Wein nicht, vor dem Schlafengehen meine Türen abzuschließen. Schon gar nicht, wenn ich einen ganzen Abend lang darüber nachgedacht habe, ob mir möglicherweise jemand nach dem Leben trachtete.

Nachdem ich die Ratte samt Schaufel und Handfeger in die Mülltonne verfrachtet hatte und die Tür mit hundertprozentiger Sicherheit abgeschlossen war, ging ich zurück ins Bett. Ich konnte nicht einschlafen.

Mir fiel auf, dass ich mich vor der Ratte mehr geekelt hatte als vor der Leiche im Busch. Vielleicht, weil die menschliche Leiche nicht in meiner Küche lag. Vielleicht hatte sie auch einfach nicht so tot ausgesehen wie die tote Ratte. War der Mann tot gewesen? Ich war fest davon überzeugt. Warum sollte sich ein erwachsener Mann in einen Busch legen und sich kommentarlos von einem aufgeregten Hund beschnüffeln lassen?

Kapitel 4

„Moin, Friedrich."

Zeitgleich mit ein paar Rauchkringeln manifestierte sich Emmys Reibeisenstimme hinter den gestreiften Bettbezügen auf ihrer Wäscheleine. „Ihr konntet wohl nicht schlafen letzte Nacht, Frido und du."

Emmy hat vor Jahrzehnten das winzige Haus gegenüber gekauft. Sie muss Mitte sechzig sein und ist für meinen Geschmack immer noch die hübscheste Frau im Dorf. Ihre wild gelockten burgunderroten Haare, meist hochgesteckt zu etwas, das mein Vater als „Entwarnungsfrisur" bezeichnete, haben inzwischen einen leichten Einschlag von grau. Abgesehen davon wäre sie perfekt für eine Kette-rauchen-macht-schön-und-jung-Kampagne.

„Wir haben schlecht geträumt", rief ich in Richtung Bettwäsche.

„Und zur Entspannung 'ne kleine Putzrunde mit Handfeger und Schaufel gemacht. Das nächste Mal kommst du rüber und machst bei mir im Haus gleich weiter!"

„Klar, Emmy. Mach ich!"

Noch etwas mitgenommen von der letzten Nacht schwang ich mich auf das alte Hollandrad meiner Mutter und fuhr einkaufen. Hier im Dorf konnte man nicht einmal unbeobachtet nächtens eine Ratte entsorgen. Aber offenbar am helllichten Tag einen Mord begehen.

Die Tatsache, dass ich nach meinem Studium und ein paar erfolgreichen Jahren als Mann für alles in einer kleinen Kunsthandlung in der großartigen Anonymität Londons wieder in den beklemmenden Mikrokosmos meiner Kindheit zurückgekehrt bin, ist wohl ein Beweis für meinen Masochismus. Ich habe Kunstgeschichte studiert, „dumm Tüch", dummes Zeug, nach Ansicht meiner eher pragmatisch orientierten Familie. Seit dem Tod meiner Eltern und eines reichen Patenonkels bin ich trotzdem ein wohlhabender Mann, finanziell vollkommen unabhängig, sogar von regelmäßiger Arbeit. Und dennoch alleinstehend. Die Familie hat es über die Generationen hinweg durch kluge Eheschließungen zu größeren Ländereien in der Umgebung gebracht, aber letztlich doch nur zu einem einzigen Erben, zu mir; der „Onkel", ein Freund meines Vaters, hatte sein beträchtliches Vermögen mit dem Handel von Edelsteinen, spezialisiert auf Brillanten, gemacht.

Ich könnte also überall leben, nicht viele Menschen sind so privilegiert, aber ich lebe hier. Ziemlich zurückgezogen, soweit das als Mitglied einer Dorfgemeinschaft möglich ist. Gelegentlich begleite ich meinen Freund Alexander, einen Hamburger Kunst- und Antiquitätenhändler, auf seinen Reisen nach England oder Frankreich, um ihn zu beraten, oder mache Expertisen für Stücke, die ihm angeboten werden. Die restliche Zeit verbringe ich mit dem Hund und mit Denken. Um die Verwaltung des verpachteten Landes –

bis auf das Grundstück, auf dem mein Haus steht, nutze ich nichts von dem Besitz selbst – kümmert sich eine Kanzlei in Hamburg.

Das Dorf hat einen Supermarkt, in dem es alles gibt, von der Butter bis zur Raffgardine, und eine Kneipe, eine Apotheke, einen Friseur und einen Bäcker, der, seitdem er mit einer Kaffeekette kooperiert, ebenfalls über ein erstaunliches Sortiment verfügt. Und dann gibt's natürlich noch Hannes Polizeidienststelle. Hier kann man jederzeit seine Schubkarre als vermisst melden. Ich rollte schwungvoll auf den Supermarktparkplatz ein und lehnte das Rad an den einzigen vorhandenen Baum, als die Leiche aus der automatisch öffnenden Ladentür trat. Sie sah kurz in meine Richtung, wuchtete vier gigantische Plastiktüten in einen metallicblauen Kombi und brauste davon, bevor ich so weit zu mir gekommen war, dass ich einen Blick auf das Nummernschild werfen konnte. Sie trug denselben hässlichen Trainingsanzug wie gestern im Busch. Verwirrt sah ich mich um. Außer mir war niemand auf dem Parkplatz.

„Na, Friedrich, mal wieder fern von fleischlichen Genüssen?"

Erika Kucinsky, die Kassiererin, musterte meinen Einkauf. Käse, saure Sahne, Gemüse. Ich bin kein Vegetarier, aber ich würde nie selbst Fleisch zubereiten. Seine seltsame Konsistenz schreckt mich ab. Außerdem kann ich kein Blut sehen.

„Von Gewohnheiten sollte man nicht abweichen." Wie immer vorsichtig und langsam verstaute ich meine Erwerbungen. Die beiden Sahnebecher zuoberst, damit sie den Rückweg heil überstanden.

„Sag mal, Erika, wer war denn der Mann da eben, der mit dem Großeinkauf und dem Trainingsanzug?“ Ein Versuch konnte nicht schaden. Erika und Hinnerk Dierksen, der Kneipenwirt, galten als offizielle Nachrichtenagentur des Ortes.

„Du, der war gestern schon hier. Hat für fast hundertfünfzig Euro eingekauft und alles bar bezahlt. Mir is' das ja auch lieber. Die blöden Karten immer – halten den ganzen Betrieb auf. Geh mal zur Backstube rüber, da is' er auch schon gewesen. Hinnerk meint, der käm wohl aus Bremen und wohnt jetzt in Schafenbeck.“

Schafenbeck ist eines der Nachbardörfer, ein noch lauschigeres Plätzchen als unseres.

„Hanne, die Leiche lebt. Hab sie eben beim Einkaufen getroffen.“ Hanne saß hinter seinem Schreibtisch, in meditativer Haltung in ein Franzbrötchen vertieft, vermutlich nicht sein erstes heute. „Erika sagt, Hinnerk meint, der Mann käme aus Bremen und würde jetzt in Schafenbeck wohnen.“

„Na, dann muss ja was dran sein.“ Hanne schätzte die Gerüchteküche ebenso wenig wie ich, auch wenn sie ihm beim Aufspüren einer entführten Kuh schon einmal sehr geholfen hatte. „Hat er sein Formular von der Meldestelle vorgezeigt?“

„Nein, aber bar bezahlt. 150 Euro.“

„Eindeutiges Indiz dafür, dass er unerkannt bleiben will.“ Hanne war wieder John Wayne.

„Oder dafür, dass Schafenbeck neuerdings einen Geldautomaten hat. Bist du da drüben nicht auch zuständig? Ich meine, kannst du nicht mal überprüfen, ob da letztens jemand zugezogen ist?“

„Und ob der Jemand vielleicht eine lebende Leiche ist? In Schafenbeck sorgen die Bremer für Recht und Ordnung, die werden sich freuen, wenn ich ihnen sage, dass sie mal in der Provinz nach Untoten suchen sollen. Wieso bist du eigentlich so sicher, dass der Mann die Buschleiche ist? Gestern warst du felsenfest von seinem Ableben überzeugt."

„Das sah ja auch so aus. Ich habe keine Ahnung, warum er jetzt einkaufen geht und Auto fährt. Aber es war bestimmt derselbe Mann. Und ich hatte das Gefühl, dass er mich auch erkannt hat."

„Hat er was gesagt?"

„Er hat in meine Richtung geguckt."

„War sonst noch jemand da?"

„Nein."

„Meinst du, dass es besonders außergewöhnlich ist, in die Richtung der einzigen auf einem größeren Platz anwesenden Person zu gucken?"

„Nicht, wenn sie so fantastisch aussieht wie ich. Aber er hatte auch wieder denselben Trainingsanzug an."

„Wie sah der noch aus? Ballonseide?" Hanne griff nach der Brötchentüte auf dem Schreibtisch. Darunter kam ein Werbeprospekt zum Vorschein. „Hier", er reichte mir den Prospekt, „vielleicht so einer? Die gibt's jetzt beim Bäcker."

Lila, türkis, schwarz. „Das ist der Anzug. Und beim Bäcker ist er auch schon gewesen. Sagt Erika."

„Um sich kurz danach mit seinem Klasse-Outfit in einen Busch zu legen. Seltsame Idee. Wie sah er eigentlich sonst aus – ich meine, im Gesicht zum Beispiel?"

„Dunkle Haare, so ein Straßenkötermischmaschbraun, vielleicht auch dunkelblond, kurz. Die Augen konnte ich nicht erkennen aus der Entfernung. Ganz normale Nase."

„Der Mann hat keine Chance zu entkommen. Mit der detaillierten Beschreibung finden wir ihn überall." Hanne liebäugelte kurz mit der Brötchentüte, entschied sich dann aber dagegen. „So sehen hier alle aus, Fritze. Ich auch."

„Der Sportsmann war schlanker."

„Danke."

„Bitte. Und deine Nase würde ich auch nicht unbedingt als normal bezeichnen." Schon als Kind wurde Hanne wegen seiner sprungschanzenförmigen Stupsnase geärgert. Er hatte gehofft, sie würde sich mit dem Alter verwachsen, aber sie blieb, wie sie war.

„Beamtenbeleidigung wird in meinem Distrikt schwer geahndet." Hanne griff in seine Schreibtischschublade und legte ein paar Handschellen vor sich auf den Tisch.

„Glaubst du, ich spinne?"

„Nein, ich halte dich für intelligent genug, deine Provokationen einzustellen, bevor ich ernst mache."

„Glaubst du, ich spinne, was den Mann angeht?"

„Ich glaube, es gibt eine ganz normale Erklärung für alles. Wahrscheinlich lebt der Mann und war nie tot, sondern beim Joggen sind ihm die Endorphine durcheinandergeraten und dann hat er geglaubt, er müsse sich mal zur Erholung in den Busch legen. Ich würde erst mal nicht weiter darüber nachdenken."

Kapitel 5

Ich hielt den Bund der knisternden Trainingshose an meine Taille. Erwartungsgemäß endete das unten von einem Gummizug straff zusammengezurrte Hosenbein an der breitesten Stelle meiner Wade.

„Die ist wohl zu kurz." Doreen Lütjen ist erst sechzehn, aber sie wird ein gutes Leben führen. Vor ein paar Wochen hatte sie eine Verkäuferlehre in der Backstube begonnen, weil sie „was mit Menschen" machen wollte. Ihre Eltern machen was mit Kühen und Hühnern, das kam für sie nicht infrage.

„Probier doch mal XXL." Sie reichte mir eine durchsichtige Plastikverpackung, auf der Vorderseite das Bild eines dynamischen Herrn in Ballonseide. Die Jacke des dreifarbigen Gebildes lag zuoberst. Ich schlüpfte hinein. In der spiegelblanken Scheibe des Bäckereitresens erkannte ich mein Gesicht, über einer Art luftleerem Fallschirm. Ich streckte die Arme aus. Der Schirm verwandelte sich in eine lila-türkis-schwarze Fledermaus. Da war sie. Friedrich Webeken, die Witzfigur.

„Nun ja, ich nehme wohl lieber eine Buttercremetorte, einen Mohnstrudel, diverse Mandelhörnchen, Butterkuchen und fünf Franzbrötchen. Und probier's dann nächste Woche noch mal mit ein paar soliden Pfund mehr auf den Rippen."

„Franzbrötchen sind aus. Außerdem glaube ich nicht, dass du der Typ bist, der schnell zunimmt." Ihr Blick heftete sich auf meinen Bauch. Ein leichter Schweißfilm bildete sich auf meiner Oberlippe, das passiert mir häufig, wenn ich gemustert werde.

„Schade, der Anzug ist nämlich toll für den Preis. Komplett mit Mikrofaser gefüttert. Nimmt den Schweiß genauso gut auf wie Baumwolle. Und ist viel schneller wieder trocken."

„Dann verkauft er sich wohl gut." Immerhin bin ich nicht so paranoid, zu glauben, sie hätte den Schweiß meiner Oberlippe wegen erwähnt. „Wer hat denn alles schon einen?"

„Mein Freund war der Erste. Ich hab gleich einen für ihn zurückgelegt. Noch bevor die Ware in den Laden kam. Bei so etwas muss man schnell sein. Es war nämlich sogar schon jemand aus Schafenbeck da und hat einen gekauft. Aber die haben da natürlich auch kaum Einkaufsmöglichkeiten."

Im Gegensatz zu uns. „Kanntest du ihn?"

„Nein, aber er war wahnsinnig nett. Hat mir geholfen, die Gästebetten nach hinten zu tragen."

„Erwartet dein Chef Besuch?"

„Das war eine Lieferung. Aufblasbare Gästebetten. Wie Luftmatratzen, nur viel besser und wahnsinnig praktisch. Zusammengelegt passen die in jeden Schrank. Willst du mal sehen?"

„Nein. Danke. Ich glaube, ich brauche keins."

„Kriegst du denn nie Besuch?"

Die Ladentür öffnete sich und Teile von Familie Mertens, Gitti, die Inhaberin des Friseursalons mit ihren Töchtern Janine und Yvonne, steuerten zielstrebig auf den Tresen zu.

„Moin, Doreen, sind die Gästebetten da? Ich würd gern gleich zwei mitnehmen. Wir haben morgen Franks Eltern da und nächstes Wochenende Freunde aus Erlangen. Und die alte Schlafcouch ist schon so durchgelegen."

Ich verließ den Laden. Ob sie über mich lästerten? Oder war ich nicht wichtig genug?

Kapitel 6

Fridolin liebt Autofahren. Mit aufgestellten Vorderpfoten auf dem Beifahrerplatz meines VW-Transporters sitzend, fixierte er wie gewohnt mit manischer Aufmerksamkeit die Straße. Ich mache mir nichts aus Autos, den großen Wagen fahre ich, weil ich bei meiner Beratertätigkeit für Alex immer mal wieder das eine oder andere Möbelstück oder großformatige Bild transportieren muss. Ich wünschte, Frido würde eines Tages genug vom Fahren verstehen, um mich zu chauffieren.

Das Wetter war besser geworden; es war sonnig und nicht mehr ganz so kalt. Gleich nach dem Schafenbecker Ortsschild bog ich ab. Hinter dem Ententeich beginnt die neue Siedlung, Einfamilienhäuser, gelber Klinker, weiße Kassettentüren, geschwungenes Schmiedeeisen an den Balkonen. Im Kreisblatt als „Stilvolles Wohnen in vollkommener Ruhe" inseriert. In letzter Ruhe, hatten Hanne und ich gefeixt, deshalb fuhr ich zuerst hierher. Ich kurvte durch die drei, vier Straßen der Siedlung. Die meisten Häuser waren schon bewohnt, erkennbar an den pastellfarbenen, transparenten Stores an den Fenstern, den Kinderrädern in der Einfahrt und den akkurat bepflanzten Gärten. Bei den Stores war Apricot der Renner, auch Doreen hätte dazu geraten. Da man hier „stilvoll" wohnt, stehen außerdem anstelle von Gartenzwergen buntglänzende Kugeln auf Stäben und Holzenten mit Flügeln, die sich im Wind drehen, in den Beeten.

Von der Leiche keine Spur.

Ich steuerte den Ortskern an und setzte mich in den „Schafstall", ehemals Dorfkneipe und nun zur Erlebnisgastronomie umgebaut. Das Erlebnis umfasst Getränke, die „Orgasmus am Strand" heißen und lustige Zerrspiegel auf dem Flur zu den Toiletten, in denen sogar kleine, gedrungene Menschen so aussehen wie ich – überlang und unterernährt. Da der Koch meines Wissens noch derselbe war, bestellte ich das, was auf der Speisekarte als „Bacon & Eggs" bezeichnet wurde, in der Hoffnung, das gigantische Bauernfrühstück zu bekommen, das es hier vor dem Umbau gab. Ich lag richtig. Alles da, sogar die saure Gurke. Frido bekam eine großzügige Ration Hundekuchen auf Kosten des Hauses und ließ dafür mit stoischem Gesichtsausdruck die Streicheleinheiten der Kellnerin über sich ergehen.

„Großartig, die Eggs", sagte ich und zeigte, als sie mich fragend ansah, mit meiner Gabel auf den Rühreiturm vor mir.

„Freut mich."

„Jetzt, wo die neuen Häuser in der Siedlung alle bewohnt sind, haben Sie bestimmt immer viel zu tun."

„Ach, geht so. Das sind ja alles Familien da drüben. Die bleiben lieber zu Hause und grillen im Garten."

„Na, der eine oder andere wird doch mal flüchten aus dem häuslichen Idyll." Ich klang wie ein gönnerhafter Oberlehrer. Aber schließlich wollte ich etwas erfahren.

„Ja natürlich, hin und wieder kommt schon mal jemand vorbei. Der Mann aus Bremen zum Beispiel. Der das Haus von den Reimers gekauft hat."

„Das Haus von den Reimers?", fragte ich beiläufig.

„Das weiße, hier gleich die Straße runter … Entschuldigung, ich muss an den Tresen."

Ein Mann in Bundfaltenjeans und rotem V-Pullover mit flott nach oben geschobenen Ärmeln linste vorwurfsvoll hinter seiner Goldrandbrille hervor und wedelte mit seinem leeren Bierglas in unsere Richtung.

Die geöffnete Garagentür gewährte freie Sicht auf den metallicblauen Wagen, zwei Paar Skier, ein Surfbrett und ein Mountainbike. Ich hatte den Transporter auf der gegenüberliegenden Straßenseite geparkt und fingerte zur Tarnung an einer Landkarte herum, während ich aufmerksam das Haus observierte. Die Leiche musste zu Hause sein, sonst würde sie nicht die Garage offenstehen lassen. Oder sie hatte ein gesundes Urvertrauen.

Nach zwei Stunden gab ich auf. Ich kam mir albern vor. Ein Mann von Mitte vierzig sollte seine Zeit nicht mit der Verfolgung potenzieller Toter vertrödeln. Schließlich ist auch sein eigenes Leben schon halb vorbei. Auf dem Rückweg entdeckte ich, dass durch das kleine Waldstück hinter dem Haus der Leiche ein schmaler Weg führte. Ich bin kein abenteuerlustiger Mensch und Mut beweise ich nur, wenn es gar keine Alternative gibt. Beispielsweise habe ich vor vielen Jahren einmal einer Frau gestanden, dass ich mich in sie verliebt hatte. Ich wollte das nicht tun, auf keinen Fall.

Eines Tages war nur einfach meine Verzweiflung zu groß. Das Ergebnis war niederschmetternd. Sie sprach den Satz aus, bei dem ich bis heute das Gefühl bekomme, ein Messer in den Eingeweiden zu haben: „Es ist wahnsinnig angenehm mit dir. Aber ich bin nicht in dich verliebt."

Angenehm. Das schlimmste Schimpfwort von allen. Eine Tasse Tee ist angenehm. Aber wenn man sie nicht bekäme, würde man sie nicht vermissen. Friedrich, der angenehme Mann, der für niemandes Leben wichtig ist. Diese bedauernswerte Gestalt entschloss sich jetzt, obwohl sie noch am Vorabend ihre eigene, einsame Existenz in Gefahr wähnte, unaufgefordert das Grundstück des Untoten zu betreten und nach dem Rechten zu sehen.

Ich sah eine helle Schrankwand mit Glastüren und Halogenleuchten am oberen Rand. In den offenen Fächern ein Großbild-Fernseher, Video- und DVD-Gerät, eine Stereoanlage, Videos, DVDs und jede Menge liebevoll gerahmte Fotos. Bücher konnte ich nicht entdecken. Wie Menschen ohne Bücher überleben können, werde ich nie begreifen, aber jemand wie die Leiche würde an Büchermangel wohl nicht sterben.

An der gegenüberliegenden Wand standen ein rost- und senffarben gestreiftes Sofa mit vielen farblich abgestimmten Kissen, bestimmt gemütlich, und ein hohes CD-Regal. Vor dem Sofa ein flacher Couchtisch aus hellem Holz. Auf dem Tisch lagen eine aufgeschlagene Fernsehzeitschrift und vier Fernbedienungen. Auf dem Boden Laminat, in der Raummitte noch ein runder Teppich, ebenfalls rostfarben, mit einer großen Blume im Senfgelb des Sofas. Vorsichtig schlich ich zum nächsten Fenster. Der kurzhaarige, straßenköterfarbene Kopf des Sportsmanns aus dem Busch ruhte friedlich in dunkelblauer Bettwäsche mit goldenem Sternenmuster. Das Bett war ein Doppelbett, bezogen für zwei Personen. Auf der zweiten Betthälfte lag ein zartgelbes Damennachthemd mit Spaghettiträgern. Ich nahm nicht an, dass die Leiche so etwas selber trug.

Kapitel 7

Der pochende Kopfschmerz zog sich vom Hinterkopf bis ungefähr zur Stirnmitte. Fridos Gebell drang langsam und in leicht verzerrten Schallwellen in mein vernebeltes Hirn. Meine Zunge klebte am ausgetrockneten Gaumen. Als junger Mann bin ich öfter so aufgewacht. Heute trinke ich immer noch fast jeden Tag meinen Wein, aber ich bin im Allgemeinen moderat dabei. Ich kann es nicht leiden, einen Tag meines Lebens durch Alkoholmissbrauch zu verlieren. Auch, wenn viele Menschen meinen, es käme bei einem Müßiggänger wie mir ohnehin nicht darauf an. Manchmal glaube ich, dass mich alle hassen, weil ich so viel Zeit habe. Aber meistens hasse ich mich selbst, weil ich glaube, nichts daraus zu machen.

An Tagen mit Kater ist es am schlimmsten. Ich wollte nicht aufwachen und mich daran erinnern, was ich gestern Abend alles getrunken hatte, allein am Kamin, mit den sentimentalsten meiner alten Platten.

Nach einer Weile öffnete ich widerwillig die Augen und richtete mich vorsichtig auf. Große dunkelrote Flecken setzten sich wie Blutlachen von meinen weißen Bezügen ab. Neben dem Bett eine leere Flasche Wein und ein leeres Glas. Mir wurde übel und ich musste mich wieder hinlegen. Alkoholisiert das Bett zu bekleckern, zeugte wirklich von völligem Kontrollverlust. So etwas hielt ich immer schon für einen Schritt in den Abgrund.

Nach zwei, drei Stunden wurde ich wieder wach. Frido bellte immer noch aus der Entfernung. Ich fragte mich, wieso er nicht bereits hungrig und unternehmungslustig neben meinen Bett stand. Aber vielleicht hatte er seine rücksichtsvollen fünf Minuten und wollte es mir ersparen, ihm in diesem Zustand unter die Augen treten zu müssen. Ich blinzelte in Richtung Weinflasche. Weißwein. Ich hatte den ganzen Abend Weißwein getrunken. Warum waren dann die Flecken auf dem Bett und, wie ich jetzt feststellte, auch auf meinen Pyjama rot? Ich schnüffelte an meiner Decke. Lavendel aus der Provence. Den habe ich in kleinen Baumwollbeuteln im Schrank liegen und manchmal, wenn ich das Gefühl habe, nicht gut einschlafen zu können, besprenkle ich das Bett mit Lavendelwasser. Die Flecken selber schienen ein leichtes Currywurstaroma zu haben, was mich wunderte, denn Currywurst gegenüber bin ich ziemlich verächtlich. Und natürlich halte ich Menschen, die so etwas mögen, für Ignoranten. Hanne ausgenommen.

Angewidert von mir selber zog ich das Bett ab und stopfte die schmutzigen Bezüge und meinen Pyjama in die Waschmaschine. Kochwaschgang. Am liebsten hätte ich mich dazugelegt. Ich begnügte mich mit einer Dusche.

Seit ich einmal auf einem Beipackzettel von Schmerztabletten gelesen habe, dass eine mögliche Nebenwirkung Haarausfall sein kann, nehme ich keine mehr. Bis jetzt habe ich weder Geheimratsecken noch andere Anzeichen von

Schwund auf dem Kopf. Also wenigstens das Äußere des Kopfes ist intakt, und ich will, dass das so bleibt. Ich habe feines, glattes Haar und träume Zeit meines Lebens von üppigen Wellen.

Neue Übelkeit brach über mich herein, als ich die Haustür öffnete. Fridolin war an den Gartenzaun angeleint, sein Fell feucht von Nieselregen. Er bellte und zitterte. Auch ich begann zu zittern. Ich band ihn los und er stürzte sich auf mich. Ich ging in die Knie und presste ihn an mich. Tränen begannen mir über das Gesicht zu rinnen. Warum war der Hund hier? Und seit wann? Ich war nicht mehr draußen gewesen gestern Nacht, da war ich mir sicher. Andererseits hatte ich auch keine Erinnerung an die Currywurst. Aber natürlich würde ich nie meinen über alles geliebten Hund an einen Zaun binden und dann seelenruhig ins Bett gehen. Nicht einmal im Vollrausch.

Die Kopfschmerzen verflüchtigten sich gegen Abend, aber mein Schamgefühl war so groß, dass ich kaum wagte, mich Frido zu nähern.

Kapitel 8

Überraschend und ohne Vorwarnung tauchte ein paar Tage später die Leiche wieder auf. Eingerollt wie ein lila-türkis-schwarzes Baby lag sie in einer Schubkarre von Bauer Lütjen, sicher geparkt im Geräteschuppen. Überraschend und ohne Vorwarnung konfiszierte Hanne noch am selben Tag eine geflochtene Leine von Fridolin, deren Muster mit dem auf dem Hals der Leiche übereinstimmte. Sie war stranguliert worden und nun endgültig und ohne jeden Zweifel tot. Wegen des „Schubkarrenmordes", wie das Delikt in den Lokalmedien betitelt wurde, musste Hanne ab jetzt mit einem Kommissar aus Bremen kooperieren, weil sich der Wohnsitz des Toten im Hoheitsgebiet der Bremer Polizei befand. Und, natürlich, weil niemand glaubte, dass ein einfacher Dorfpolizist wie Hanne so einen Fall lösen könnte. Die Trottel.

„Ich bin Kommissar Malvoisier, Mordkommission Bremen, und das ist mein Assistent Brettschneider. Brettschneider, Sie nehmen sich den Geräteschuppen vor."

Brettschneider betastete sachte das feine anthrazitfarbene Kammgarn seines perfekt sitzenden Anzugs. „Ich habe bereits alles absperren lassen. Die Kollegen von der Spurensicherung kümmern sich darum." Brettschneiders schmales, klassisch schönes Gesicht ließ keinen Zweifel daran, dass das Betreten eines Geräteschuppens für einen Mann von seiner urbanen Eleganz nicht infrage kam.

„Brettschneider", in Malvoisiers Stimme lag beinahe ein Hauch von Zärtlichkeit, „Brettschneider, im Wagen finden Sie meine Gummistiefel. Ich erwarte das Ergebnis Ihrer Bemühungen in zwei Stunden. Herr Webeken", Malvoisier legte für einen Moment seine Hand auf meinen Rücken und dirigierte mich sanft auf den kopfsteingepflasterten Weg zu meinem Haus, „Herr Webeken, wann haben Sie die Leine zum letzten Mal gesehen?"

„Ich weiß es, ehrlich gesagt, nicht genau." Ich überlegte. „Das kann ein, zwei Jahre her sein. Ich benutze eine andere für den Hund." Das bedeutet, ich trage eine andere in der Hand, während Fridolin frei herumläuft. Was in diesem Landkreis nicht erlaubt ist. Eine kleine Falschaussage würde mich wohl nicht ans Messer liefern.

„Schön. Dafür haben Sie die Leiche ja regelmäßig in Augenschein genommen. Der Kollege Harms erwähnte, Sie hätten sie unter einem Busch entdeckt – bzw. Ihr Hund – da muss er ja eine ziemlich lange Leine haben. Und am nächsten Tag sei sie Ihnen bei bester Gesundheit bei Edeka erschienen. Stimmt das?"

„Vor Edeka. Auf dem Parkplatz."

„Sie sind ganz sicher, dass es sich um denselben Mann handelte?"

„Absolut."

„Zum Autofahren benötigen Sie eine Brille, wie wir festgestellt haben. Sie trugen Sie auch an diesem Tag?"

„Ich war mit dem Fahrrad unterwegs."

„Wofür Sie eine verschwommene Wahrnehmung vorziehen?“

„Es reicht. Mein Augenlicht fürs Rad, meine ich.“

„Schön, schön.“ Malvoisier hielt mir eine Tüte Salmiakpastillen unter die Nase, die er seiner Manteltasche entnommen hatte, und schüttete auf mein Nicken einen Berg davon in meine Hand. „Sie kannten das Opfer nicht persönlich?“

Wie ein Opfer erschien mir die Leiche auch in stranguliertem Zustand nicht. Eigentlich bin ich ein empathischer Mensch, den schon dramatische Filme, Musik oder auch nur eine traurige Zeitungsmeldung zu Tränen rühren können. Aber der Tote brachte meine Emotionen nicht in Wallung. „Nein, ich habe ihn unter dem Busch in der Wiesenstraße das erste Mal getroffen.“ Wir hatten mein Haus erreicht und Malvoisier signalisierte mit einer dezenten Handbewegung Richtung Tür, dass er einzutreten wünschte. Ich angelte nach dem Schlüssel in meiner Jackentasche und öffnete. Das Haus meiner Familie ist eines der ältesten hier im Ort. Erbaut 1825 von Federico Johann Eugenio Vincento Webeken, meinem Ururururgroßvater, Sohn einer italophilen Mutter, wie die Namensgebung schon andeutet. Seit der nachfolgenden Generation heißen wir Friedrich. Sofern wir männlichen Geschlechts sind. Unser Stammsitz wurde immer gehegt und gepflegt. Diese Tradition setze ich fort, wenn auch auf meine Art. Ich habe einige Renovierungen in den beiden Bädern und in der Küche vornehmen lassen, zum Teil aus Notwendigkeit, zum Teil aus Wunsch nach Komfort, und ich konnte nicht umhin, meine eigenen Vorstellungen von Farbgebung zu verwirklichen. Die ehemals weißgetünchte Fassade mit moderatem Stuck erstrahlt nun in einem satten Blau, ein wenig dunkler als die Dosen von Nivea-Creme. Die Tür- und Fensterrahmen sowie die Eingangstür habe ich in einem sehr dunklen Violett lackieren lassen. Eine Farbkombination, die ich immer schon geliebt habe. Für meine Familie wäre das möglicherweise ein Grund zur Enterbung gewesen, aber dafür ist es ja jetzt zu spät. Die typischen norddeutschen Butzenscheiben in Fenstern und Gartentüren sind natürlich geblieben. Im Inneren liegen Steinfußboden in Diele und Küche, Holzdielen in den Wohn- und Schlafräumen und Marmor in den Bädern. Aber, um falschen Vorstellungen in Anbetracht des Marmors vorzubeugen, luxuriös ist meine Behausung nicht und, obwohl recht großzügig, auch beileibe keine Villa. Nur eben schön. Für mich.

Ich führte Malvoisier in den Wohnraum, meinen ganzen Stolz, und beobachtete seine Reaktion. Das tue ich immer. In der Hoffnung, dass jemand außer mir die geschmackliche Fulminanz dieses Zimmers erkennt. Passiert praktisch nie. Außer mein Freund Alex kommt zu Besuch. Hanne gefällt es auch, aber mehr, weil es, wie er meint, eben so ist, wie ich bin. Das wäre dann so: Schwarz lackierte Holzdielen und Deckenbalken, das original Metallgesims am Kamin auch schwarz lackiert. Auf den Dielen orientalische Läufer, die Erbstücke. Darauf große schwarze Sitzpolster und -kissen, die vier Wände von oben bis unten mit Trompe-l'oeil-Malerei bedeckt. Die Wandgemälde sind von einem Künstler, den ich aus meiner Zeit in London kenne, und an selbstironischen Tagen halte ich mich in meinem Wohnzimmer für Ludwig II. auf Neuschwanstein. Der Luxus, den dieses Haus tatsächlich bietet, ist eine Bibliothek – will sagen, freie Wände im Allerheiligsten, dem Wohnzimmer eben. Malvoisier schien zumindest beeindruckt.

„Na, das ist aber wirklich mal was anderes." Sein Arm hob sich Richtung Wand. „Da haben Sie sich ja eine ganz eigene Welt konstruiert – die Freiheiten des Alleinlebens, oder? Sie leben doch allein? Entweder man verkommt oder man wird Künstler, sage ich mir immer. Ich lebe übrigens auch allein, aber schauen Sie besser nicht bei mir vorbei. Nun, schön, schön."

„Setzen Sie sich doch. Kann ich Ihnen einen Kaffee anbieten oder ein Mineralwasser?"

„Aach." Ungelenk ließ sich der Kommissar auf ein Kissen sinken und bot den deplatzierten Anblick eines Erwachsenen im Sandkasten. „Nein, danke, danke. Die Frage ist die: Warum ausgerechnet Ihre Leine?"

„Ich habe keine Ahnung. Bin ich verdächtig?" Ich zeigte Humor, fand ich.

„Ich habe keine Ahnung", Malvoisier hob die Hände, „hängt davon ab, ob Sie zur fraglichen Zeit in Lütjens Geräteschuppen waren. Und davon, was Sie da getan haben."

„Nichts. Ich war nicht da."

„Sondern hier?"

„Ja. Ich habe ferngesehen."

„Guter Film?"

„Ich bin nicht sicher. Aus irgendeinem Grund verstehe ich nie einen Film von David Lynch."

„Lynch. Nie gehört."

„War mal mit Isabella Rossellini zusammen."

„Rossellini. Roberto. Klar. Den kenn ich. Und die Bergman. Tolle Frau."

„Ihre Mutter. Von Isabella."

„Hhm. Gibt es Zeugen?"

„Die gesamte Klatschpresse der frühen fünfziger Jahre."

„Für Ihren Fernsehabend."

„Nein. Ich bin doch nicht wirklich verdächtig, oder?“ Auf meiner feuchten Handfläche begannen die Salmiakpastillen, von denen ich noch immer keine gegessen hatte, zu kleben.

„Oder doch. Emmy Nickel von gegenüber. Sie müsste Licht bei mir gesehen haben.“

„So. Wo ist eigentlich Ihr Hund?“

„Frido? Irgendwo im Garten.“

„Sie wissen manchmal nicht genau, wo Ihr Hund ist?“

„Auf dem Grundstück. Er beschäftigt sich allein.“

„Aha. Lassen Sie eigentlich Ihre Garage offenstehen?“

„Nein, nie. Ich schließe immer ab.“

„Hat jemand außer Ihnen einen Schlüssel? Ich meine, wenn man allein lebt, hat ja meistens irgendjemand noch einen Schlüssel. Ein Nachbar …“

„Herr Harms. Vom Revier. Wir sind befreundet, er hat Schlüssel für das Haus und die Garage.“

„Schön, schön. Eine gute Wahl, jemand von uns.“ Malvoisier stellte sich schwerfällig auf die Füße. „Ich mache mich auf den Weg zum Tatort, Herr Webeken. Wir sehen uns ja noch. Was machen Sie heute Abend?“

„Auf keinen Fall einen Mord begehen.“ Ich lächelte überzeugend. Ich hatte nichts vor für den Abend. Das Übliche.

Kapitel 9

Ich wuchtete meinen mit Einkäufen prallvollen Rucksack in den Fahrradkorb und mühte mich mit seinem verdrehten Verschlussband ab, um nicht die Hälfte meines Wochenendbedarfs unterwegs zu verlieren. Ausgesprochen wichtig, denn Schlag eins am Samstag – oder Sonnabend, wie er hier immer noch heißt – schließt Edeka, wie die anderen Läden auch, und man hat eine einstündige Autofahrt zum nächstgrößeren Ort vor sich, falls kein Joghurt mehr im Haus sein sollte und man ohne keine zwei Tage durchsteht, was bei mir durchaus der Fall sein kann. Nervosität bei der Aussicht auf ein joghurtfreies Wochenende. „Ein Mann und seine Fixierungen" – ich werde die Welt nicht mit der Autobiographie eines Langweilers beglücken. Aber der Titel steht. Selbst in Buxtehude haben übrigens längst nicht alle Läden bis 20 Uhr geöffnet. Man könnte natürlich Freunde oder Nachbarn fragen. Aber ich schätze alles an Hanne, ausgenommen seinen Kühlschrank. Hanne hat einen exzellenten Geschmack für Wein und weiß ein Gourmetdinner zu würdigen. Doch was ihn wirklich glücklich macht, sind Pommes und Bier. Die Grundausstattung seines Kühlschranks ist entsprechend: Bier. Der Imbiss an der Tankstelle hat praktisch immer geöffnet, sogar hier. An guten Tagen gibt es bei Hanne zusätzlich Harzer Käse, Senf und Toast. Der ohne Körner. An Wochenenden wartet er grundsätzlich mit Mengen von Butterkuchen auf, die für mehrköpfige Familien mit normalem Essverhalten ausreichen würden. Bleibt Emmy als Anlaufstelle. Bei ihr erwartet einen Mann zuverlässig fantastische Versorgung. Nur möchte ich nicht, dass sie mich für völlig bedürftig hält. Tut sie natürlich sowieso.

Ich zerrte ein letztes Mal ungeduldig am Verschlussband vom Rucksack. Diesmal mit Erfolg.

„Na, Friedrich, hast wohl kräftig zuziehen müssen, um den jungen Mann umme Ecke zu bringen, was? Kannste ja gut, wie man sieht."

Hinnerk Dierksen, der Kneipenwirt, stand plötzlich neben mir auf dem Edeka-Parkplatz, klopfte mir vertraulich auf die Schulter und grinste breit über seinen Scherz. Ich zuckte zusammen, gedankenversunken, wie ich war, hatte ich ihn nicht kommen hören.

„Erika sacht, du hast neulich schon nach ihm gefracht. Was hast denn gewollt von ihm? Finanziell stand er ja wohl ganz ordentlich da. Interessanter Kunde für deine Freunde aus'm Kunsthandel?"

„Jetzt nicht mehr." Ich ärgerte mich. Meine Touren durchs Dorf wuchsen sich zum Spießrutenlauf aus. Alle hielten sich für besonders witzig, wenn sie sich erkundigten, wie und warum ich den Toten umgebracht hatte. Alle schienen zu glauben, dass wir uns gekannt hatten. Aber es war doch wohl klar, dass ich es nicht getan hatte. Welchen Grund hätte ich gehabt? Ganz abgesehen davon, dass ich doch sowieso niemanden umbrächte. Selbst wenn ich einen

Grund hätte. Und noch dazu große Lust zum Morden, wie zum Beispiel jetzt.

„Du, sach mal. Weit wech von dir is Lütjens Schuppen ja nich. Und du warst doch mit dem jungen Lütjen damals so befreundet. Also auf'm Hof auskennen tust dich ja. Was is denn eigentlich genau gewesen, damals? Man sacht, sein Vater hätt euch mal bei was erwischt. Und dann hast nich mehr reden dürfen mit Peter."

Was den Tatsachen entspricht. Der junge Lütjen und ich hatten, ausgerechnet hinter dem Schuppen, wo wir uns unbeobachtet glaubten, wild geknutscht. Im Hormonrausch der Pubertät. Und was im Anschluss an unser Stelldichein passierte, ließ mich damals im Boden versinken vor Beschämung. Wie aus dem Boden gewachsen stand urplötzlich der alte Lütjen vor uns und war nicht erbaut, seinen halbnackten Sprössling in den Armen des Nachbarsohns vorzufinden. Peter, schon immer gewieft in kniffligen Situationen, konnte seinem Vater glaubhaft versichern, dass ich ihn verführt hätte. Angeblich hatte ich, der Sohn aus gutem, sprich: wohlhabenden Hause, ihm einen neuen Radiorekorder versprochen, wenn er mich anfasst. Radiorekorder waren damals das Must-Have, ich hatte nach langem Bitten einen der besten von meinen Eltern zum Geburtstag bekommen. Peter beneidete mich glühend und ich platzte vor Stolz. Aber bestochen habe ich ihn nicht. Wir waren vierzehn, neugierig und ein winziges bisschen verliebt. So war das eben. Und nun ist es mehr als dreißig Jahre her. Peter grüßt mich, wenn wir uns sehen. Sonst haben wir nicht viel miteinander zu tun. Meine Eltern verhielten sich beklemmend ruhig. „Mach das nicht wieder, Junge", lautete der schmallippige Kommentar meines Vaters. Danach kein Wort mehr. Ich fühlte mich scheußlich. Genau wie jetzt.

„Wie es aussieht, konnte der alte Lütjen sich nicht durchsetzen. Peter und ich reden miteinander. Vor ungefähr zwanzig Minuten hat er Hallo gesagt. Kam aus der Bäckerei, als ich vorbeifuhr.“

„Aber so rosig is’ euer Verhältnis doch nicht. Sagen alle.“

„Können ja nicht alle die besten Freunde sein, oder? Mit manchen Leuten versteht man sich, zu anderen hat man eben nicht so den Draht. Ist doch überall so. Ich muss los.“ Übertrieben dynamisch schwang ich mich auf mein Rad und fügte hinzu: „Bei Lütjens auf dem Hof war ich schon ein paar Jahre nicht mehr.“ Was ich sofort bereute, weil mir klar wurde, dass das natürlich als Indiz für einen Zwist verwendet werden würde. So ist das hier.

Kapitel 10

„Ich verstehe es immer noch nicht. Die Sache mit der Leine. Das dämliche Ding lag Jahre in der Garage. In der abgeschlossenen Garage. Wer außer mir konnte wissen, dass ich überhaupt eine Zweitleine besitze? Und wieso wussten alle sofort, dass es meine ist? Frido trägt Prêt-à-porter, das Teil ist Massenware."

„Laboruntersuchung." Hanne und Frido ruhten malerisch auf den Kissen in meinem Wohnzimmer, illuminiert von einem Strahl Wintersonne vom Fenster. „Haare von ihm hier." Mit einer Hand tätschelte Hanne den Hund, die zweite näherte sich ein weiteres Mal der Keksdose. „Und Fingerabdrücke." Hanne leckte sich einen Krümel vom Daumen, nachdem der Keks in seinem Mund verschwunden war. Selbstgebackene Haferflockenplätzchen, Geschenk von Emmy an den dürren Junggesellen.

„Ich kam mir vor wie ein Verbrecher, als sie meine Abdrücke genommen haben." Selbstverständlich war ich Brettschneider gegenüber höflich und kooperativ gewesen, aber innerlich zutiefst empört, diese Prozedur über mich ergehen lassen zu müssen.

„Wir sind verpflichtet, die Möglichkeit in Betracht zu ziehen, dass der Besitzer der Mordwaffe auch der Täter sein könnte.“

„Wir! Also bitte, Herr Oberhauptkommissar. Keine Verbrüderungen mit der gegnerischen Partei.“

„Mein Herr Mordverdächtiger, ich bin diensthabender Beamter der Justiz. Und somit Teil der gegnerischen Partei. Und wie man Mordfälle aufklärt, weiß ich noch aus der Polizeischule. Und“, Hanne zerbiss das nächste Plätzchen, „dass ich immer noch treu an deiner Seite stehe, kostet mich vermutlich die Karriere.“ Er hatte sich leicht aufgerichtet und nickte affektiert mit dem Kopf, eine Augenbraue hochgezogen.

„Verstehe. Ohne mich wärst du schon Minister für innere Sicherheit.“

„Geheimdienstbeauftragter. Weshalb ich auch weiß, dass im Dorf über deine sexuelle Orientierung spekuliert wird. Der Fall Peter Lütjen.“

„Das ist nicht dein Ernst.“ Aufgebracht und zugegebenermaßen entsetzt sprang ich von meinem Kissen auf. Frido folgte meinem Beispiel und kam freudig schwanzwedelnd auf mich zu. „Wer hat das denn in Umlauf gebracht?“

„Wie's scheint, der alte Lütjen selber.“

„Aber damit bringt er doch auch seinen Sohn in Misskredit.“

„Peter? Ach was, der ist rein wie eine Blüte, glücklich verheiratet, Vater von drei Kindern. Und ein angesehenes Mitglied der dörflichen Gemeinschaft.“

„Ganz im Gegensatz zu mir, oder wie? Ich bin hier der wichtigste Steuerzahler!“

„Aber … doch wohl auch ein kleines bisschen anders als die anderen, wenn ich das so sagen darf. Nimm's mir nicht übel, du weißt, dass ich dich gerade deshalb liebe, und da du mir nach all den Jahren noch immer keinen Heiratsantrag gemacht hast, kannst du ja gar nicht schwul sein – und selbst wenn, wäre mir das egal. Aber du weißt, wie sie hier sind."

„Du hast auch keine Frau und niemand hält dich für homosexuell", echauffierte ich mich. Natürlich war mir bewusst, dass ich hier für einen seltsamen Vogel gehalten wurde. Aber doch nicht für so seltsam.

„Ich bin Bulle, 'n echter Kerl." Hanne präsentierte einen imponierenden Oberarm, mehr durch Masse als durch Muskel. „Außerdem habe ich keine Jugendsünden zu verantworten."

„Hat dein Vater dich auch davor gewarnt, mit mir zu spielen?" Ehrlich gesagt, dass Peter nicht mehr mit mir sprechen durfte, hatte ich den Lütjens nie verziehen. Es war eine solche Kränkung gewesen.

„Im Gegenteil. ‚Halt dich an den Webeken', hat er gesagt. ‚Die Familie stellt was dar. Kann dir vielleicht mal nützlich sein.'"

„Du hast mich also aus Kalkül erwählt." Meine Empörung war in diesem Fall nur gespielt. Wenn ich an die Zuneigung eines Menschens glaubte, dann an die von Hanne. „Und sieh, wohin es dich geführt hat – höhere Laufbahn im Eimer."

„Nach einem Eimer dieser Köstlichkeit hier", Hanne sammelte Kekskrümel von seinem Pullover und konnte nicht umhin, sie sich ebenfalls in den Mund zu schieben, „ist mein Gehirn so im Zuckerrausch, dass ich schon gar nicht mehr daran denke."

„Ich denke daran, dass ich es ziemlich komisch finde, dass sofort jemand auf die Idee kam, diese Leine mit mir in Verbindung zu bringen."

„Iss mehr Kekse und vergiss, min Jung. Nein, ehrlich – du wohnst nebenan, du hast einen Hund, du hattest das Opfer vorher schon als tot gemeldet. Normale Indizienkette, steht so im Polizeihandbuch. Bezieh's einfach nicht auf dich persönlich."

Jetzt nannte auch Hanne die Leiche schon Opfer. Ich meine, natürlich sollte niemand seines Lebens beraubt werden, und der Mann hinterließ schließlich eine Frau und vermutlich noch mehr Menschen, die um ihn trauern und ihn vermissen würden. Das war schlimm. Aber wo wir schon dabei waren: Wie viele Leute würden eigentlich mich vermissen, wenn man mich umbrächte? Überhaupt: Wie ein Opfer fühlte ich mich selbst in diesem Moment und ich hatte keine Lust, diesen Status mit jemandem zu teilen. Sofort schämte ich mich furchtbar. Hanne hatte recht. Ich sollte aufhören, alles auf mich zu beziehen.

Kapitel 11

Die Leiche war nach der Obduktion, die den Tod durch Strangulieren und ihre ansonsten herausragende körperliche Verfassung bestätigte, zur Beerdigung freigegeben worden. Abgesehen davon verliefen die nächsten zwei Wochen ruhig für mich. Um mich vom Tratsch über meine erotischen Experimente in Nachbars Garten und meine Position als Mordwaffeninhaber abzulenken, hatte ich ein paar friedliche Tage inmitten von Alex' Antiquitäten in Hamburg verbracht. Die restliche Zeit verkroch ich mich in meinen eigenen vier Wänden. Doch dann sah ich sie. Oder besser: Ich starrte sie an. Emmy hatte mir schon genau von ihr berichtet, die Beschreibung stimmte, sie musste es sein. Blonde Strähnchen im Haar, groß, knallblaue Augen, durchtrainierte Figur. Sie trug keinen Mantel, war also offensichtlich nur kurz aus dem Wagen gesprungen, um Brot zu holen, und so konnte ich ihre wirklich knackig sitzenden Jeans und den weißen, weit ausgeschnittenen Pullover begutachten. Und das appetitliche Dekolleté gleich mit. Aus dem Urlaub oder von der Sonnenbank hatte sie eine angenehme Bräune mitgebracht, aber ihre Augen hatten dunkle Schatten. Sie gehörte offenbar zu den modernen Frauen, die nicht mehr an Trauerkleidung glaubten. Ist ja vermutlich auch überholt in einer Zeit, in der Schwarz zur modischen Selbstdefinition ganzer Berufsgruppen gehört und permanent getragen wird. Auch ich trage es gern, sogar ohne Beruf.

„Hallo." Ich grüßte, als ich auf dem kleinen Aufgang zur Backstube an ihr vorbeiging, weil man das hier ja so macht, ob man sich kennt oder nicht. Ihr Parfum roch gut.

„Hallo", antwortete sie und sah mich kurz an. Offensichtlich hatte sie keine Ahnung, wer ich war. Obwohl nicht der Mörder ihres Mannes, hatte ich ein schlechtes Gewissen und mich seit Tagen vor der natürlich unausweichlichen – Mikrokosmos Dorf – Begegnung gefürchtet. Ich hatte das Gefühl, mich bei ihr entschuldigen zu müssen.

„Mein Beileid", sagte ich.

„Danke", murmelte sie, senkte den Blick auf die Brottüte und ging zu dem metallicblauen Wagen, der ein Stück weiter parkte. Am Steuer eine ältere blonde Frau, dem Aussehen nach vielleicht ihre Mutter.

„Moin, Doreen." Besonders die Backstube hatte ich gemieden, seit die Dorfnachrichten meine Geschichte mit Peter Lütjen ausgekramt hatten. Wer will schon der Tochter seines jugendlichen Liebhabers unter die Augen treten? Trotz der temporären Zerstreuung in Hamburg war ich angespannt. Der Klatsch setzte mir zu und ich ärgerte mich über meinen Mangel an Gelassenheit in Anbetracht des albernen Geredes über eine letztlich doch alberne alte Sache.

„Moin." Sie sah kaum auf und arrangierte die tadellos ausgerichteten Kuchenteilchen in der Auslage des Glastresens neu.

„Zwei Joggerbrötchen und ein halbes Weltmeister bitte." Gebäck mit solchen Namen sollte ein Mann wie ich natürlich aus Prinzip vermeiden. Aber dazu waren diese Körnerkreationen hier einfach zu gut. Ich liebe Brotsorten, auf denen man kräftig herumbeißen muss. Küchenpsychologe Hanne unterstellt mir deshalb unterdrückte Aggression. Mit dem, was der Backtresen im Supermarkt anbietet, lässt sie sich jedenfalls nicht abbauen.

„Weltmeisterbrot haben wir nur noch eins. Das ist aber reserviert. Für Gitti Mertens."

„Und die hungrige Großfamilie teilt natürlich nicht mit mir. Klar." Ich fand, das kam ganz locker.

Doreen wandte sich aufmerksam den Kaffeepackungen im Regal hinter sich zu.

„Gut." Mein ungutes Gefühl setzte augenblicklich wieder ein. „Dann nehme ich ein halbes Sonnenblumen."

„Bei den Joggerbrötchen bleibt's?"

„Ja. Ja, klar. Alles wie gehabt."

Ich zahlte, nahm meine beiden Tüten und stieß an der Tür mit Nino zusammen, dem sechsjährigen Sohn von Tiedemanns, der wie immer vor Energie aus den Nähten platzte und zielstrebig in den Laden rannte. Ein personifizierter Sonnenschein, das charmanteste Kind, das mir je begegnet ist.

„Moin, Nino. Willst du den alten Mann hier zu Fall bringen?" Ich tätschelte kurz seine Schulter, als er im Laufen auf meinen Bauch prallte. „Ist schon schulfrei? Kein Wunder, dass du so viel Power hast!" Die ungebremste Lebensfreude dieses Jungen begeisterte mich immer wieder.

„Klar, alter Mann!" Er strahlte über das ganze Gesicht. „Ich bin stark! Darum spiel ich auch den Löwen in der Schulaufführung! Heute Nachmittag hab ich wieder Probe!"

„Wow. Und hast du schon ein Kostüm?"
„Ist noch nicht fertig. Nur der Kopf – mit so viel Haaren!" Er streckte die Arme rechts und links von den Ohren aus.
„Moin, Friedrich." Der Gruß von Thomas Tiedemann, Ninos Vater, der hier eine Versicherungsniederlassung betreibt und hinter seinem Sohn eintrat, klang reichlich unterkühlt. „Komm schon, Bengel, zack, zack." Mit einem scheelen Seitenblick auf mich griff er seinen Sohn am Oberarm und zerrte ihn eilig von mir weg in Richtung Tresen.

Ich war froh, wieder zu Hause zu sein. Keine Blicke und auch keine abgewandten Köpfe. Meine Verfassung war nicht die beste. Ich versuchte zu lesen, konnte mich aber nicht konzentrieren. Nach einer Weile stand ich auf, um noch einmal nach meiner Uhr zu suchen. Ich trage sie nicht oft, es stört mich, einen Fremdkörper am Handgelenk zu haben. Aber am Tag zuvor hatte ich zufällig bemerkt, dass sie nicht an ihrem gewohnten Ort, auf dem kleinen Regal in der Diele, lag. Was mich wunderte, denn ich lege sie immer dorthin zurück, um sie bei Bedarf sofort zur Hand zu haben. In diesen Dingen bin ich genau – eine gewisse Ordnung erleichtert doch einfach das Leben und vermittelt noch nebenbei ein angenehmes Gefühl von Stabilität und Sicherheit. Eigentlich hatte ich schon überall nachgesehen. Auf dem Küchentisch, in der Bibliothek, im Schlafzimmer und auch in der Manteltasche. Ich konnte mich nicht genau erinnern, wann ich sie zum letzten Mal getragen hatte. Allerdings entsann ich mich, dass eine der Halterungen, die das Armband mit der Uhr verbanden, etwas locker gewesen war. Aber auch nicht so sehr, dass zu befürchten stand, es würde reißen, sonst hätte ich sofort ein neues anbringen lassen. Ich beschloss, auch noch mal im Wagen zu schauen.

Keine Ahnung, was mich getrieben hatte. Jedenfalls saß ich plötzlich im Auto, das sich rund zwanzig Minuten später einwandfrei geparkt vor dem Ex-Wohnsitz der Leiche befand. Der Hund war im Haus geblieben, würde natürlich gehört haben, dass ich gefahren war, aber konnte ja nicht heraus. Eine Autofahrt ohne Frido. Ich würde mich bei ihm einschmeicheln müssen und beschloss, auf dem Rückweg ein Schweineohr zu besorgen. Nicht gerade appetitlich, aber er liebt es und auch er beißt eben gern auf etwas herum.

An der Tür verabschiedete sich die ältere blonde Frau mit einer Umarmung von der Witwe des Toten.

„Nein, Mutti. Fahr mal nach Hause. Ich habe alles. Wirklich. Und ich muss noch die ganzen Papiere durchsehen. Dabei kannst du mir doch sowieso nicht helfen." Ich hatte sachte das Seitenfenster heruntergekurbelt und verstand, was gesprochen wurde.

„Ich könnte dir wenigstens was kochen. Und die ganze Wäsche vom Urlaub liegt auch noch da. Wie willst du denn das jetzt alles gewaschen und gebügelt kriegen?" Meine Mutter hätte ganz genauso reagiert. Wie schön, dass in manchen Situationen doch alle gleich sind. Ich fühlte Verbundenheit mit der Witwe.

„Das ist doch jetzt gar nicht wichtig, Mutti."

Sie ist sympathisch, dachte ich. Es geht ihr nicht besonders, aber sie macht ihre Sachen. Sie hatte eine gute Ausstrahlung, auch wenn sie als Frau eigentlich nicht mein Typ war. „Gewöhnliche Schönheit" nannte Hanne überheblich diesen Look, die Strähnchen im Haar und diese Tendenz, den Körper nicht zu verbergen. Aber wären wir hier auf dem Schützenfest, hätte er den halben Abend darüber schwadroniert, ihr ein Bier ausgeben zu wollen, und versucht, ihre Telefonnummer zu bekommen.

„Na, du musst es ja wissen, Mäuschen.“ Mutti schüttelte resigniert den Kopf. „Ich mache mir doch nur Sorgen.“

„Nicht nötig, Mutti.“ Mäuschen schob Mutti resolut in Richtung Gartenweg. „Ich komme zurecht. Ich ruf dich an. Bis dann, komm gut nach Hause.“

Mutti fügte sich mit weiterem Kopfschütteln und ging auf den roten Kleinwagen zu, neben dem ich geparkt hatte.

„Hier wohnen Kerstin und Marco Beyer“ stand auf dem mit Blumen bemalten Holzschild an der Tür. Das war mir bei meinem letzten Besuch gar nicht aufgefallen. Aber natürlich wusste ich inzwischen aus der Presse und natürlich durch Malvoisier und Brettschneider die Namen der Leiche und seiner Frau. Ohne darüber nachzudenken, klingelte ich. Wat mutt, dat mutt, wie man hier sagt.

„Ja?“ Sie sah mich verwundert an.

„Entschuldigen Sie, Frau Beyer“, und wäre ich einem weiteren Impuls gefolgt, hätte ich sie Kerstin genannt, „entschuldigen Sie. Wir kennen uns gar nicht. Und ich möchte Sie auf keinen Fall belästigen. Aber mir gehört die Leine.“

„Oh?“ Sie runzelte verständnislos die Stirn. „Sie müssen zur Polizei gehen, wenn Sie sie wiederhaben wollen.“

„Nein. Ich meine, deshalb bin ich nicht hier. Die Leine ist ja die Mordwaffe, Beweisstück, sie behalten sie im Revier. Ich meine, ich wollte Ihnen nur sagen, wie leid mir alles tut. Und dass ich nicht der Mörder bin.“ Es tat mir wirklich leid. Für Kerstin. Sie war plötzlich des Menschen beraubt worden, mit dem sie gelebt hatte, sie war plötzlich allein. Und ich wollte nicht, dass sie mich für den Mörder hielt. Ich mochte sie.

„Sie sind das." Langsam schien sie zu registrieren, wer vor ihr stand. „Webeken. Oder? Webeken. Ich habe mir den Namen gemerkt."

„Ja, richtig. Aber ich bin nicht der Mörder. Ich kannte Ihren Mann gar nicht."

„Woher soll ich das wissen? Mein Mann kannte viele Leute."

„Aber mich nicht."

„Ah."

„Wirklich nicht."

„Ja. Gut. Schon gut. Aber jetzt habe ich zu tun."

„Selbstverständlich. Ich … ich wollte nicht stören."

„Nein." Mäuschen verschwand hinter der Tür mit dem Blümchenschild.

Mit dem in ein Wachspapier gerollten Schweineohr unter dem Arm schloss ich das Haus auf. So guter Dinge war ich lange nicht mehr gewesen. Mäuschen hatte mit mir gesprochen. Und ich war sicher, sie hatte mir geglaubt.

„Fridolino! Delikatessenservice! Ihre Leib- und Magenspeise, mein Herr!"

Keine Reaktion. Er war wirklich beleidigt. Aber das würde ich schon wieder hinbekommen.

„Schweineohr für den Señor!", säuselte ich. „Ich weiß doch, dass du's schon riechst. Ich weiß doch, dass du's kaum noch aushältst!

Keine Reaktion.

„Oho, Muchacho … hier winkt das Öhrchen!" Ich hatte das Ohr entrollt und wedelte damit unter dem großem Sessel in der Bibliothek, Fridos Lieblingssitz zum Schmollen. Nichts passierte. Ich kniete mich hin und spähte unter den Sessel. Hier war der Hund nicht. Ebensowenig in der Küche, im Wohnraum, im Schlafzimmer, im Bad. Er war nicht im Haus. Das konnte nicht sein. Die Tür war abgeschlossen. Die Haustür war zu. Wirklich. Aber eine der Fenstertüren zum Garten stand einen Spalt offen. Unzweifelhaft, aber auch das konnte doch gar nicht sein. Im Winter! Ich lasse sie nicht einmal im Hochsommer offen, wenn ich nicht zu Hause bin. Ich verstand das nicht. Wo war ich mit meinen Gedanken, ich ließ plötzlich Türen offen, verlor meine Uhr. Seit dem Mord war ich irgendwie außer mir, unkonzentriert, nachlässig. Die Sache machte mir zu schaffen. Und vor allem musste ich Frido finden, denn auch im Garten gab es keine Spur von ihm.

Kapitel 12

Nach drei entsetzlichen Tagen mit unendlichen Suchexkursionen durch die Umgebung brachte Malvoisier den Hund. Brav wie ein Lamm und schmalgesichtig stand Fridolin an einer Leine neben dem Kommissar vor der Haustür.

„Na, Herr Webeken, hier haben wir den Vermissten." Malvoisier überreichte mir die Schlaufe der Leine. Krampfhaft die Tränen unterdrückend, die mir sofort in die Augen schossen, beugte ich mich zu Frido herunter, hakte die Leine aus seinem Halsband, nahm ihn die Arme und tätschelte ihm den Rücken. Er fühlte sich mager an. Frido ließ stumm alles über sich ergehen.

„Ihr Mitbewohner wurde vor Lütjens Kaninchenställen aufgegriffen. Aussagen des jüngsten Sohnes der Familie zufolge damit beschäftigt, die Tür eines der Verschläge aufzubeißen. Versorgt er sich öfters woanders mit Fleisch? Sie leben ja wohl vegetarisch? Frau Kucinsky aus dem Supermarkt erwähnte es neulich."

„Ich koche vegetarisch. Auswärts esse ich auch Fleisch."

„Wie der Herr, so der Hund. Ist doch was dran an den alten Sprüchen. Aber bei Ihrer Figur können Sie sich doch erlauben, öfter richtig zuzuschlagen." Malvoisier schob zwei Salmiakpastillen zwischen seine Lippen.

„Zuschlagen ist nicht so meine Sache. Weder im wörtlichen noch im übertragenen Sinn." Normalerweise. Gerade in diesem Moment hätte ich der gesamten Klatschtantengemeinde im Dorf am liebsten ein paar gebrochene Nasen verpasst. Damit sie sie nie wieder in meine Angelegenheiten steckten. „Mein Hund wildert nicht. Noch nie. Er bekommt hier alles, was er braucht."

„Man fragt sich, warum er das Paradies dann freiwillig verlässt?"

„Ich war mit dem Wagen unterwegs. Die Gartentür stand offen. Der Hund ist beleidigt, wenn er nicht auf Autotouren mitgenommen wird. Er wird herauszufinden versucht haben, wo ich war." Es würde zu Frido passen, obwohl er es noch nie getan hatte. Aber es hatte ja auch noch nie die Tür offen gestanden. Außer in der Nacht mit der Ratte.

„Drei Tage lang? Hunde sind doch so intelligent. Wobei ... nicht so intelligent wie Schweine. Sagt man. Sollte das noch mal vorkommen, dass Ihr Hund wildert, müssen wir von Ihnen verlangen, einen zugelassenen Hundetrainer aufzusuchen. Und das Tier muss einen Maulkorb tragen."

„Mein Hund wildert nicht." Am liebsten hätte ich Malvoisier die Tür vor der Nase zugeschlagen, so wütend war ich. Zweimal zuschlagen in weniger als einer Minute. Das durfte ich nicht Hanne erzählen. Es würde seine Theorie von der unterdrückten Aggression bestätigen. Aber Frido wildert nicht. Er ist ein wohlerzogener Hund.

„Schön, schön, nun ist er ja auch wieder am heimischen Herd. An dem Sie in der Mordnacht vielleicht doch nicht saßen?"

„Ich saß vor dem Fernseher. Sie erinnern sich? Wir sprachen über den Film?"

„Ja, ja, Lynch. Klingt wie lynchen. Sind Sie sicher, dass Sie ihn an diesem Abend gesehen haben? Frau Nickel kann sich nicht an Licht bei Ihnen erinnern. Sie ist sich sicher, weil sie nach der Tagesschau noch Apfelmus eingekocht hat, und ihr Küchenfenster geht nach vorne raus, Sie wissen ja, Blick auf Ihr Fernsehzimmer."

„Bibliothek." Ein Fernsehzimmer. Ich. Undenkbar. „Überprüfen Sie doch einfach die Programmzeitschrift. Der Film lief an dem Abend", antwortete ich leicht konsterniert.

„Ja, ja. Haben wir schon. Er lief. Aber haben Sie ihn auch an dem Abend gesehen? Herr Harms, guter Polizist, Herr Harms unterstützt uns nach Kräften bei den Ermittlungen. Nun war er natürlich in einer dummen Situation – den Freund schützen oder ehrlich sein."

Was sollte denn das bedeuten? Was hatte Hanne mich zu schützen oder ehrlich zu sein? Das ging doch wohl zu weit. „Ich …", hob ich an.

„Er hat sich entschlossen, ehrlich zu sein. Guter Mann. Aufrecht. Ich habe einen Durchsuchungsbefehl für Ihre Bibliothek. Oder wo bewahren Sie Videos auf?"

O Gott. Ein jäher Schreck fuhr mir in die Knochen. Tatsächlich. Hanne hatte mir vor ewiger Zeit das Video geliehen. *Blue Velvet*, er mochte Lynch. Auch die Rossellini. Aber wer mochte sie nicht? Trotzdem, trotz Isabella, hatte ich das Video völlig vergessen und auch nie gesehen, wie das manchmal so ist, man nimmt sich etwas vor und dann kommt immer etwas dazwischen. Ich sehe einfach lieber Filme, deren Handlung ich begreife.

„Hier.“ Wir waren in die Bibliothek gegangen, ich hatte die mittlerweile leicht angestaubte Kassette im Regal entdeckt und reichte sie Malvoisier.

„Was machen wir denn nun, Herr Webeken?“

„Sie deponieren die Kassette auf dem Revier. Herr Harms findet sie dann schon. Und ich habe den Film ja nun gesehen. Am Mordabend. Ich schwöre.“

„Ja, ja. Nur die Beweislage …“

„Welche Veranlassung hätte ich, einen mir vollkommen unbekannten Mann zu töten?“

„Welche Veranlassung hatten Sie, seine Witwe zu besuchen?“

„Sie hat es Ihnen erzählt?“ Das war mir gar nicht recht.

„Das musste sie doch wohl, oder?“ Salmiakpastillenatem. Ob er manchmal jemanden küsst? Oder gar … Malvoisier als Liebhaber. Ich wette: zärtlich, aber einfallslos. Es würde Frauen geben, die ihn dafür liebten und ihm zum Dank eine ordentliche Portion Bratkartoffeln machten. Vielleicht wäre er was für Emmy? Obwohl … sie muss mal ein ziemlich flotter Feger gewesen sein, früher. Andeutungen meines Vaters.

„Dann hat sie Ihnen doch auch erzählt, warum ich da war.“ Ich versuchte, mich wieder auf das Gespräch zu konzentrieren. Was dazu führte, dass ich mir Mäuschen und die Leiche im Bett vorstellte. Ich schüttelte mich.

„Um ihr zu sagen, dass Sie's nicht waren.“

„Weil ich's nicht war.“

„Aber Sie waren nicht zu Hause, Sie haben ein Hühnchen mit Peter Lütjen zu rupfen, die alte Geschichte, warum dann nicht das Opfer in seinem Schuppen deponieren und den Verdacht auf ihn lenken? Vielleicht hatten Sie eine geheime Liaison?“

„Meine Beziehung“, ich hob die Hände zu imaginären Anführungsstrichen in der Luft, „zu Peter Lütjen liegt über dreißig Jahre zurück.“

„Nicht aber die zum Opfer. Möglicherweise.“ Malvoisier vermied jeden Gesichtsausdruck.

„Ich kannte den Mann nicht. Geschweige denn auf diese Art.“ Das war doch wohl völlig verrückt. „Er wäre auch nicht mein Typ gewesen.“ Ich musste das gesagt haben.

„Wer wäre denn Ihr Typ?“

„James Stuart. Aber der ist ja nicht mehr verfügbar.“

„Eben, eben, Sie sagen es.“

„Das war ein Witz. Jeder 14-Jährige hat mal mit einem Mitschüler bestimmte Dinge probiert. Pubertät, wissen Sie? Ich habe keine Ambitionen in diese Richtung. Und selbst wenn, hätte ich mir jemand anderen gesucht. Und ihn definitiv nicht gekillt. Und ich möchte mir verbitten, aufgrund einer lächerlichen Jugendgeschichte als Mordverdächtiger hingestellt zu werden.“

„Ich denke nur laut.“

„Außerdem hätte ich doch auch die Tatwaffe nicht dagelassen. Das ist doch albern. Ich hätte ihn mit Lütjens ureigener Schippe erschlagen, wenn ich den Verdacht auf ihn hätte lenken wollen.“

„Kriminelle Fantasie besitzen Sie jedenfalls. Über Ihre kriminelle Energie können wir nur spekulieren. Wir sehen uns.“

Kapitel 13

„Du hast mich also bei Pastille verpfiffen“, sagte ich. Nur halb im Scherz. Hanne hatte sich vermutlich völlig korrekt verhalten, aber dennoch empfand ich es als Verrat. „Und das nur, um deine Karriere zu retten.“ Das Corpus Delicti, *Blue Velvet*, lag zuoberst auf einem Stapel Schnellhefter auf Hannes Dienstschreibtisch.

„Bei Salmiakmann. Jaaa. Ging nicht anders, Fritze.“ Hanne strich sich verschämt über die niedliche Nase und senkte den Blick auf die Tischplatte. „Malvoisier kam hierher. Er erzählte mir von deinem Alibi. Dass du alleine zu Hause gewesen wärst und *Blue Velvet* gesehen hättest. Und ich hab spontan bestätigt, dass das ja auch Zeit wurde, nachdem meine Videokassette nun schon seit über einem Jahr bei dir rumliegt und Staub ansetzt. Ich hatte doch nicht darauf geachtet, dass der Film auch im Fernsehen lief. Hättest du doch auch nicht.“

Natürlich nicht. Trotzdem hatte ich ein komisches Gefühl. Als ob meine Freunde nicht zu mir halten würden – Emmy erinnerte sich nicht an Licht bei mir und Hanne ruinierte einfach mal eben mein Alibi.

„Hast du wenigstens auf meine Unschuld geschworen?" Ich versuchte nicht ungehalten zu klingen.

„Fritze … in deinem Alter … Das kann ich nicht schwören, weil es nicht stimmt. Wenn nicht Peter Lütjen, dann hat Stella sie dir geraubt." Seine Augen glänzten. Wurde er gerade rot?

Stella Lawrence-Allingham. Die anziehendste Frau, die ich je getroffen habe. Wir kannten uns in London. Hanne hatte sie auch kennengelernt, als ich sie einmal zu einem Besuch in meine Heimat mitgenommen hatte, und auch er war ihrer Schönheit sofort verfallen. Stellas volles schwarzes Haar reichte bis fast zur Taille, sie hatte dunkelblaue Augen und eine Haut wie Marzipan. Außerdem eine Art, vollkommen natürlich zu sein, die mich endlos faszinierte. Schon, weil sie damit so anders war als ich. Ich hätte sie am liebsten sofort geheiratet. Stella schien mir die perfekte Partnerin, die perfekte Ergänzung zu mir selber zu sein. Die sorglose Bohémienne mit dem hinreißenden Äußeren an der Seite des kopflastigen Kunsthistorikers – ein bildschönes Paar, das Eindruck machte. So sah ich unsere Zukunft.

Oft blieb sie für Ewigkeiten in meiner Wohnung, wir kochten am Abend, sahen uns ganze Wochenenden lang Filme an oder lagen einfach im Bett und redeten. Meine Unschuld hatte ich im Übrigen schon verloren, jawohl, und nicht an Lütjen junior. Ich war im siebten Himmel, weil ich tatsächlich glaubte, das Zusammensein mit Stella würde etwas bedeuten. Tat es ja auch. Ich war der Platzhalter für den Mann, den sie eigentlich wollte. Meine Wohnung bot dann ebenfalls ein komfortables Plätzchen für ihn. Nur ahnte ich das nicht. Als ich eines Abends unerwartet früh von meiner Arbeit in der Kunsthandlung zurückkehrte – ein Kunde hatte seinen Termin abgesagt – fand ich die beiden zwischen meinen Laken vor. Ein definitiv nicht jugendfreier Anblick, der mich in akute Schockstarre versetzte, obwohl ich die Volljährigkeit schon Jahre zuvor erreicht hatte. Nur war mir noch genug adoleszente Naivität geblieben, um es nicht für möglich zu halten, dass Stella sich mit einem anderen Mann in meinem Schlafzimmer traf. Fassungslos und wie paralysiert saugten sich meine Augen am Bild der Ekstase fest. Ich bekam kein Wort heraus. Die beiden im Bett auch nicht. Nach ungefähr einer Sekunde entfernte ich mich aus dem Türrahmen und verließ die Wohnung. Als ich nach drei Stunden ziellosen Herumirrens durch die Stadt und dem Konsum diverser Pints Guinness zurückkehrte, war der andere aus dem Bett und meiner Bleibe verschwunden. Stella, in einem champagnerfarbenen Seidenunterkleid aus den vierziger Jahren – sie war eine Pionierin des Vintage-Looks – saß in mein Karo-Plaid gekuschelt auf dem Sofa. Beide Hände um einen Becher Tee gelegt, verfolgte sie eine schmalztriefende TV-Schmonzette. Als ob nichts gewesen wäre. Und ich war so froh, sie zu sehen. Ich glaubte, das würde etwas bedeuten. Nämlich, dass sie ihren Fehler, den unbedeutenden Ausrutscher, längst bereut und sich für mich entschieden hätte. Ich war bereit zu verzeihen, natürlich, schließlich hatte ich uns als Traumpaar konzipiert. Wir kämen doch wohl mit einer solchen Situation zurecht.

Aufgewühlt vom Alkohol, übertraf meine Gefühlsduselei die der Charaktere auf dem Bildschirm noch bei Weitem. Überzeugt, mich damit als ihr Zukünftiger zu qualifizieren, setzte ich zu einem herzzerreißenden Liebesgeständnis an. Ich erhielt die bekannte Antwort: „Es ist wahnsinnig angenehm mit dir, aber ich bin nicht in dich verliebt", und „was willst du, ich habe dich nie belogen." Was stimmte, wenn nichts sagen nicht lügen ist. Verliebt war sie ja. In den anderen, Daniel Pineda Hernandez, Abkömmling einer US-amerikanischen Familie argentinischen Ursprungs. Gesellschaftlich erste Liga, schweinereich. Obgleich das in diesem Zusammenhang nicht ganz passt. Die Pineda Hernandez' verdienten, wie ich erfuhr, ihr Geld mit Fleischimporten aus dem Mutterland des Steaks. Gab sie sich also einem Rinderbaron hin. Kennengelernt hatten sie sich, wie Stella berichtete, bei der Eröffnung eines Edelrestaurants in der Nähe von Covent Garden. Einer dieser Orte, die so en vogue sind, dass normale Menschen nie einen Tisch bekommen. Aber Stella kannte jede Menge Leute, die sie zu allen möglichen schicken Events einluden, und Daniel hatte natürlich Beziehungen. Bald traten sie dann auch miteinander in Beziehung. Nur konnte Pineda Hernandez, bedingt durch sein florierendes Business, lediglich sporadisch in London weilen. War er nicht da, weilte sie bei mir. An jenem Abend hatte er nur einen kurzen Zwischenstopp gehabt, zu kurz, um ein Hotel zu nehmen. Aber zu lang, um ihn ungenutzt zu lassen. Ich brach zutiefst verletzt den Kontakt ab und auch sonst alles in London. Und da war ich wieder: hier. Gedemütigt und ausgestattet mit einem Herzen, das noch Jahrzehnte danach in Fransen hing.

„Im Ernst, Hanne, du wirst doch nicht zulassen, dass ich hier irgendwie in Schwierigkeiten gerate."

„Wenn du keine hast, gerätst du auch nicht in welche. Das hier ist Niedersachsen, Fritze, keine Bananenrepublik."

Hanne traute dem Justizapparat bedingungslos. Ganz was Neues.

„Pastille und Brettschneider sind aus Bremen.“

„Und trotzdem keine Mafiosi. Was soll passieren? Hast doch nix zu verbergen, min Jung. Gleich halb eins. Mittag. Du willst ja wohl nich’ zum Imbiss?“

Kapitel 14

Ich saß vor einem frischen Pfannkuchen in Emmys Küche. Sie öffnete ein Glas von dem Apfelmus.

„Probier mal, die Boskop waren super diesmal, ist toll geworden."

Stimmte. Ich nahm noch einen Löffel und wunderte mich, dass das Nikotin noch nicht ihre Geschmacksnerven ramponiert hatte.

„Hast du wirklich kein Licht gesehen?"

„Nee, Fritze, hab ich nicht. Und ich konnte doch nicht lügen. Ich würde dir ja helfen, wo ich kann, aber lügen … Darin bin ich nicht gut, würde man sofort merken. Darf ich?" Sie tippte mit ihrem blutroten Fingernagel auf die Zigarettenschachtel auf dem Tisch.

„Klar." Ich war noch nicht fertig mit Essen, aber wer würde Emmy vom Rauchen abhalten?

„Ich hab einen Sekt offen, trinkste 'n Schluck mit?"

„Klar." Vermutlich halbtrocken, aber wer würde Emmy nicht Gesellschaft leisten? „Ich war aber wirklich zu Hause. Vor dem Fernseher. Ich schwör's."

„Glaub ich dir ja alles. Ich kann mich nur eben nicht an Licht erinnern.“ Wie konnte das sein? Ich sehe nicht im Dunkeln fern, das schadet den Augen. Etwas kurzsichtig bin ich ja schon, deshalb die Brille zum Autofahren.

„Ach, Mensch, bevor ich's vergesse.“ Emmy stellte zwei altmodische geschliffene Kristallkelche auf den Tisch. Ich schenkte uns ein. Eiskalt, der Sekt, wunderbar, da würde auch halbtrocken gehen. „Hier.“ Sie griff in ihre Einkaufstasche und hielt mir meinen Taschenkalender hin. „Hat mir Erika Kucinsky gegeben. Ist dir wohl aus der Tasche gefallen, beim Einkaufen.“

„O Gott!“ Das auch noch. Was war bloß mit mir los? „Danke. O Gott, o Gott. Da kann man wohl davon ausgehen, dass sie alles gelesen hat.“ Ich mache zum Glück nicht allzu viele persönliche Notizen in meinem Kalender, also er ist kein Tagebuch, aber einiges steht schon drin. Wie unangenehm. Ausgerechnet Erika Kucinsky.

„So sicher, wie ich hier trinke. Sonst hätt sie ja nicht gewusst, dass es deiner ist. Prost auf den Schreck!“ Sie erhob ihr Glas. „Steht wenigstens was drin, womit sie sich richtig wichtig machen kann?“

„Erika schafft es, sich mit jeder Lappalie wichtig zu machen. Prost.“ Der Sekt tat mir gut.

„Aber vom anderen Ufer bist du doch nicht, oder?“ Sie zwinkerte neckisch.

„Bin ich nicht. War ich nie. Du glaubst das doch nicht auch?“ Dass Emmy auch auf jeden Blödsinn hörte. Aber sie las natürlich *Bunte*. Nun ja, wie ich. Aber ich kaufe sie nicht jede Woche. Und auch nicht gleich am ersten Erscheinungstag.

„Ich glaube, du brauchst eine Frau. Oder irgendjemanden. Es ist nicht gut, so lange allein zu sein.“

„Na, hör mal, du lebst doch auch allein."

„Ich bin 'n Tag älter als du und hatte meinen Spaß. Ich hab alles gehabt, ich brauch nix mehr. Aber … wenn noch mal einer vorbeikäme, der mir wirklich gefällt …" Sie klimperte mit ihren dunklen Wimpern, trank und rauchte.

„Wie wär's denn mit Pastille?"

„Mit wem?"

„Pastille. Malvoisier. Der salmiakdurchtränkte Kommissar. Dein Typ?"

„Wenn er aufhören würde, dieses Lakritzzeug zu futtern. Aber da ist wohl nichts zu machen."

„Ist bestimmt nur 'ne Ersatzbefriedigung." Ich lächelte anzüglich.

„Du musst es ja wissen."

Kapitel 15

„Kommen Sie, kommen Sie, lassen Sie mich das machen, das ist doch viel zu schwer." Als ich Mäuschen erblickte, joggte ich tatsächlich über den Parkplatz, um rechtzeitig bei ihr zu sein. Sie hatte das Metallregal gekauft, das bei Edeka im Angebot war. „Hoch stapeln – das geht in Ordnung!", stand im Flyer mit den Wochenend-Offerten.

Ich bewundere Werbetexter für ihre Energie, den ganzen Tag verbalen Blödsinn zu produzieren. Vier individuell positionierbare Einlegeböden, Lackierung schwarz oder rot, für nur € 29,99.

Mäuschen hatte sich für rot entschieden und versuchte, eher tief zu stapeln, also die Regalteile im metallicblauen Kombi unterzubringen. Eine ziemliche Quälerei, da kam ein Held wie ich doch gerade recht. Ich nahm ihr das in Schutzfolie verpackte Seitenteil aus der Hand und schob es elegant in den Wagen. Mit dem Verstauen sperriger Gegenstände habe ich ja Erfahrung. Den Rücksitz hatte Mäuschen bereits heruntergeklappt. Wenn man die Metallstreben seitlich und hochkant in den Wagen legte, passten sie perfekt hinein, ragten allerdings bis zur Handbremse.

„Jemand muss sie unterwegs festhalten. Ich helfe Ihnen gern, ich habe Zeit", strahlte ich sie an.

„Oh, nein, nein," sie machte eine abwehrende Geste, „das ist nicht nötig, ich komme zurecht, danke."

„Aber Sie können doch nicht gleichzeitig fahren und festhalten, das ist viel zu gefährlich. Lassen Sie mich das machen, wirklich."

„Das ganze Leben ist gefährlich, Herr Webeken, mein Mann hat es am eigenen Leib erfahren, Sie wissen ja."

„Aber deshalb müssen Sie doch nicht auch noch sterben!", platzte ich heraus und errötete sofort. „Entschuldigen Sie."

„Was wollen Sie? Wiedergutmachen, dass Ihnen die Leine gehört?"

Ja. Ich fühlte mich schuldig. Aber ich mochte sie auch, ich wollte bei ihr sein.

„Danke fürs Helfen." Mäuschens Kaffeegeschirr hatte ein grafisches Muster in Pastellfarben und Becher statt Tassen. „Haben Sie Hunger?" Sie hatte Mandelhörnchen da, die guten aus der Backstube, saftig und ohne die überflüssige klebrige Glasur, mit denen sie in anderen Bäckereien oft angeboten werden.

Mandelhörnchen liebe ich seit meiner Kindheit, um nicht zu sagen, sie sind einer der Inbegriffe von Kindheit für mich. Torte war für Kinder zu opulent und auch nur für besondere Anlässe geeignet, fand meine Mutter. Aber Mandelhörnchen gingen. Auch nicht jeden Tag, natürlich, denn viel Süßes war nicht gut, aber es gab sie schon regelmäßig.

Ich hatte Mäuschen vehement angetragen, das Regal gemeinsam mit ihr aufzubauen, und dann, als sie mir einen der individuell positionierbaren Einlegeböden reichte, sah ich sie. Meine Uhr an ihrem Handgelenk, nur das Armband war anders. „Sie tragen ja meine Uhr!“, rief ich perplex.

„Ihre?“

„Ja, nur das Armband ist anders. Darf ich?“ Ich nahm ihr Handgelenk. Baume & Mercier, Schweizer Fabrikat, das war sie. „Würden Sie sie mal abnehmen?“ Sie sah mich an wie einen Irren.

„Wenn Sie unbedingt möchten.“

Ich war sicher, meine Uhr in der Hand zu halten. Der kleine Kratzer auf der Rückseite, irgendwann war sie mir mal heruntergefallen. Das dunkelblaue Lederarmband sah wenig benutzt aus.

„Die Uhr gehörte meinem Mann.“ Die Leiche trug Baume & Mercier? Wenn sie Geld hatte, hätte sie sich doch wohl für Rolex entschieden, das unfehlbare Angebermodell. Warum musste ich nur immer so schlecht vom Toten denken, schließlich war Mäuschen mal in ihn verliebt gewesen. Was bedeutete, jemanden wie mich würde sie nie erwählen.

„Eigentlich nicht sein Stil, Geschenk von einem Kunden.“ Aha. Sie schätzte ihren Mann richtig ein. „Deshalb trage ich sie, zu mir passt sie.“ Was stimmte, Mäuschen hatte kräftige, aber schöne Hände. Noch schöner wären sie ohne die hautfarben lackierten Kunstnägel mit den eckigen, geweißten Enden. Aber die Uhr stand ihr gut.

„Ich hätte schwören können, es wäre meine. Ich vermisse sie und der kleine Kratzer auf der Rückseite, genau wie bei meiner.“

„Das Armband war kaputt und sie ist mir auf die Straße gefallen.“

„Meins ist braun, Kalbsleder.“ Ich gab ihr die Uhr zurück, schließlich konnte ich kaum darauf bestehen, dass es meine war. Aber ich war mir ziemlich sicher. Dieser Kratzer. Es gibt doch nicht zwei identische Kratzer auf der Welt. Ich würde mit Hanne darüber sprechen.

Mäuschen und ich aßen die Mandelhörnchen. Sie schien mir zu vertrauen. Sie hielt mich nicht für den Mörder, sie mochte mich. Die Leiche war in Bremen im Immobiliengeschäft gewesen und hatte gut davon gelebt. Ich hatte ihn sofort vor Augen – den jovialen Maklertypen, der Gott und die Welt kennt, gern auf Jetset macht, aber dann doch in Bettwäsche mit Sternenmuster schläft. Marco war erst achtunddreißig zum Zeitpunkt seines Todes, Mäuschen sechs Jahre jünger.

„Jedenfalls", sie befeuchtete die Spitze ihres Zeigefingers mit der Zunge, nahm mit der feuchten Fingerspitze ein paar Mandelhörnchenkrümel von ihrem Teller auf und leckte sie ab – fast wie Hanne, wie hübsch –, „haben wir in den letzten zwei Jahren nicht viel Zeit miteinander verbracht. Er war süchtig nach Geld, er wollte immer der Erfolgreichste sein. Ich dachte, wenn wir hierherziehen, wird vielleicht alles besser. Ruhiger. Ruhiger ist es ja nun."

Ich nickte.

„Ich brauche einen Schluck davon." Mäuschen trank also Sherry. Trocken. Gute Marke. Man darf die Menschen nicht unterschätzen.

„Ich auch."

„Meine Mutter sagt, ich soll das Haus verkaufen und nach Bremen zurückgehen."

„Zurück. Das ist so eine Sache. Vielleicht ganz woandershin." Ich sah uns vor mir, in einem geschmackvoll von mir eingerichteten Loft in London. Oder besser Rom. Paris ginge auch. „Sprechen Sie Französisch?"

„Nur ein bisschen Englisch. Und ich kann Kaffee auf Spanisch bestellen. Von Ibiza. Marco wollte da eine Wohnung kaufen."

„Für den Urlaub."

„Ja. Und um neue Kontakte zu knüpfen. Er lernte überall Leute kennen."

„Frauen."

„Frauen auch."

Garantiert hat er sie betrogen. Wie gut, dass er schon tot war. Typen wie den könnte ich umbringen.

Zwei Stunden später fuhr sie mich zu meinem Fahrrad zurück. Ich sagte, ich könne es auch morgen abholen. Ich müsse ja sowieso einkaufen und dafür war es jetzt schon zu spät. Sie brachte mich nach Hause und kam noch mit herein.

„Du hast ja ein Museum hier."

Wir duzten uns jetzt.

Ich war so aufgeregt, sie dazuhaben, dass es mir egal war, dass sie den Wohnzimmertest nicht bestand.

„Museum. Nein, das ist neu. Ich habe einen Maler beauftragt. Seine Sachen gefallen mir."

„Ich weiß nicht. Ich habe so etwas noch nie gesehen. Sitzt man hier unten?" Sie zeigte auf die Kissen.

„Ja. Ja, das ist zum Sitzen, klar."

„Hast du Socken?"

„Ja. Ist doch Winter." Ich hob mein Hosenbein.

„Ich meinte für mich."

„Zieht es? Ich habe eigentlich alles isolieren lassen."

„Ich wollte nur nicht mit Schuhen …"

„Ach so. Kannst du aber. Machen alle. Der Hund ja praktisch auch." Frido gefiel sie offenbar genauso gut wie mir.

Wie schön. Mäuschen und er hatten sich schon begrüßt. Sie konnte mit Hunden. „Sherry?“

„Ich glaube, ich möchte doch Socken.“

„Sofort. Und dann Sherry. Macht auch warme Füße.“

Sie zog die Socken an, ich legte Frank Sinatra auf. Das fand ich passend für Damenbesuch.

„Dean Martin?“

„Frank Sinatra. Ol’ Blue Eyes.“

„Deine sind nicht blau.“ Sie sah mir in die Augen. Sie sprach ein bisschen Englisch, sagte sie ja schon. Schon sah ich uns wieder in unserem Loft.

„Vielleicht bernsteinfarben?“ Ich zwinkerte neckisch.

„Na, nun übertreib mal nicht.“ Sie guckte noch einmal genau hin. „Möglicherweise … Akazienhonig. Ich habe immer welchen da. Ist toll im Tee.“

Ich nahm es als Kompliment. Im Tee hatte ich auch demnächst einen, aber ich glaube nicht vom Sherry. Frank und Nancy intonierten *Somethin’ Stupid*.

„Kann ich was fragen? Aber nicht beleidigt sein.“

„Klar.“

„Du magst wirklich Männer, oder? Wenn ich das hier sehe …“, sie sah noch mal die Wände an, „man sagt doch immer, homosexuelle Männer haben einen besonderen Geschmack.“

„Nein“, sagte ich streng.

„Doch. Alle Designer sind homosexuell. Deshalb machen sie Mode für Frauen mit Knabenkörpern. Außer Roberto Cavalli. Der macht Sachen für Jennifer Lopez. Richtige Frauen. Auf Ibiza hat Marco mir ein Kleid von ihm gekauft, türkis, aber hier kann ich es nicht anziehen. Zu nackt.“

„Ich bin nicht schwul. Und um herauszufinden, ob ich einen besonderen Geschmack habe, müsstest du mich küssen." Ich hatte wirklich einen im Tee. Doch vom Sherry. Sie richtete sich auf, überwand das trennende Kissen zwischen uns und mir schwanden die Sinne. Hoffentlich war sie nicht angetrunken. Oder bedürftig. Oder sogar beides, wie ich. Viele Frauen aus ihrem Umfeld hatten ja auch lockere Sitten und fanden Küssen und Sex ganz normal und taten es einfach. Die Marcos und Kerstins dieser Welt taten es einfach. Sex als normaler Bestandteil des Lebens, was für eine seltsame Vorstellung. Noch waren wir natürlich nicht beim Sex. Aber sehr lange hat es nicht mehr gedauert. Ungefähr eine halbe Stunde, denke ich, ich hatte nicht auf ihre Uhr gesehen.

Auch Mäuschen war Nichtraucherin, deshalb gab es keine Zigarette „danach", sondern wir unterhielten uns einfach und ich betrachtete sie noch einmal ganz genau.

„Du machst wirklich viel Sport, oder?"

„Lady Fitness. Zweimal die Woche ist Pflicht, aber oft gehe ich dreimal. Ich brauche das, zum Wohlfühlen. Früher haben Marco und ich Squash gespielt. Spielst du auch?"

„Hanne hat ein Federball-Set. Aber ich treffe nicht gut und meistens sind wir auch zu faul. Und letzten Sommer hat der Hund den Ball vergraben. Den finden wir nie wieder."

„Hanne ist eine Freundin?"

„Hans. Hans Harms. Aber unter diesem Namen kennt ihn hier niemand, auch wenn er bei der Polizei ist."

„Ach, dann kenne ich ihn doch, glaube ich."

„Bestimmt. Er kollaboriert mit Malvoisier, dem Kommissar aus Bremen."

Später kochte ich Pasta. Mit grünem Pesto, aus dem Glas, aber hervorragend, aus einem italienischen Laden in Hamburg. Davon besaß ich einen größeren Vorrat, weil es schnell geht und immer schmeckt. Besonders, wenn man wie Mäuschen und ich völlig ausgehungert war. Wie ich auch, raspelte sie sich gleich einen ganzen Berg von Parmesan über ihre Spaghetti und über Teile meines Bademantels, den sie trug. Frido kitzelte sie mit der Nase am Fuß und sie musste lachen. Ich hatte meinen weißen Gästebademantel übergezogen und hielt mich für Cary Grant. In anderen Worten: Meine Laune war herausragend. Das galt ebenfalls für Frido, den ich mit einem Stück marmoriertem Cheddar von Mäusis Füßen wegzulocken versuchte.

„Wenn das Erika wüsste." Mäuschen hatte die Oberdienststellenleitung der Dorfnachrichten natürlich auch schon kennengelernt.

„Du postkoital am Herde des Homosexuellen …"

„Der beste Käse für den Hund, du Spinner." Sie piekste mit der Gabel in meinen Frotteeärmel.

„Zumindest nicht für die Katz. Wir haben unseren besten Freund soeben vor der Entwicklung perverser Fetischismen bewahrt."

„Wie bitte? Was meinst du? Dass Frido jetzt Fußfetischist wird?" Mäuschen blickte zweifelnd auf den Hund, der sich inzwischen über den Cheddar hermachte. „Man darf Kinder aber auch nicht mit Süßigkeiten ruhigstellen. Dann bekommen sie Essstörungen. Darüber habe ich gelesen."

„Das ist 1a-Kuhmilch mit feinen Kräutern. Gutes Kalzium für starke Knochen und Zähne. Und Frido ist schon groß, er trifft bewusste Entscheidungen."

„Ich mag große Männer. Immer schon. Marco war ja nur knapp 1,76. Nur zwei Zentimeter mehr als ich. Vielleicht wollte er deshalb so viel Geld. Kompensation."

„Der stark behaarte Typ mit dem Käseodem hier unten dürfte es auf maximal 65 Zentimeter bringen, von Pfote bis Scheitel gemessen. Wenn überhaupt."

„Dann nehm ich lieber dich. Auch wenn du nicht behaart bist."

„Erlaube mal: nicht die kleinste Geheimratsecke!" Ich demonstrierte meinen Haaransatz.

„Kommt noch." Sie grinste.

Kapitel 16

„Danke, ich fürchte, ich bin zu unbeugsam für Ihr Lotterlager." Malvoisier beäugte die Sitzpolster auf meinem Wohnzimmerboden.

„Kein Problem, es gibt immer wieder Besucher, die sich nicht in die Niederungen begeben möchten. Deshalb habe ich in der Küche herkömmliche Sitzmöbel. Wenn Sie mir folgen wollen."

Malvoisier ließ sich auf einem Stuhl nieder, zog die Salmiakpastillentüte aus der Jackentasche, drapierte sie mitten auf dem Küchentisch, rollte den Rand herunter und machte eine einladende Handbewegung, nachdem er sich selbst bedient hatte.

„Gut für Zähne ist das ja nicht", aus Malvoisiers Mund war ein deutliches Knacken zu hören, „aber manchmal muss ich sie einfach zerbeißen."

„Ein Kommissar darf doch auch bissig sein. Sollte er sogar, oder?"

„Wohingegen Sie wohl an meiner neuesten Information einiges zu kauen haben werden. Wenn ich bitte Ihren Taschenkalender sehen dürfte."

„Warum das denn?“

„Frau Kucinsky, Mitarbeiterin bei Edeka, hat mich darüber in Kenntnis gesetzt, dass Sie am Mordabend einen Termin mit dem Opfer hatten. Säuberlich vermerkt in Ihrem Kalender.“

Dass sie neugierig war, unsere Erika, und immer bestrebt, noch die langweiligsten Sachverhalte brisant und skandalös erscheinen zu lassen, würde jeder bestätigen. Aber unverschämt lügen? Ich verließ die Küche, holte den Kalender vom Schreibtisch in der Bibliothek und legte ihn mit deutlichem Unmut ob der lächerlichen Anschuldigung vor Malvoisier auf den Tisch. Das ging nun wirklich zu weit.

„Der dreiundzwanzigste. Da haben wir's ja. Wenn Sie mir nun noch sagen würden, warum Sie vor oder während des unverständlichen Films von Herrn David Lynch Herrn Marco Beyer getroffen und warum Sie dieses Faktum bisher verschwiegen haben?“

„Weil ich ihn nicht getroffen habe. Etwas anderes zu behaupten, wäre eine Lüge und ich lüge nicht.“

„Schön, schön, wenn Sie mich nicht belügen“, Malvoisier hielt mir den aufgeklappten Kalender hin, „dann erzählen Sie offenbar Ihrem Kalender die Unwahrheit.“

Ich nahm den Kalender. Am 23. hatte ich eingetragen: ‚M., ab 20 Uhr‘.

„Das ist doch nicht zu glauben!“ Wütend ließ ich den Kalender zuklappen und knallte ihn auf die Tischplatte.

„Sehen Sie, sehen Sie. Jetzt sagen Sie es selbst.“ Die Salmitüte trug von Malvoisiers vehementem Zugriff einen Riss davon. Frido, der wie Erika seine Neugier nicht bezähmen konnte, hatte meinen Sessel in der Bibliothek verlassen, kam betont beiläufig in die Küche geschlendert und gab vor, sich für seinen Wassernapf zu interessieren.

„M. heißt Mackintosh, Charles Rennie. Architekt und Möbel-Designer. Jahrhundertwende, Art Nouveau, Ausstellungen u.a. in der Wiener Secession. Ein befreundeter Antiquitätenhändler in Hamburg hatte auf einer Auktion ein paar Originale in Aussicht und ich interessierte mich für einen Stuhl."

„Sitzen. O ja. Das könnte wichtig für Sie werden."

„Ja. Ganz besonders am Schreibtisch."

„Ganz besonders, wenn man wie Sie tagtäglich hart arbeitet."

„An meiner Finanzlage bin ich unschuldig." Aber das schlechte Gewissen darüber verfolgte mich immer wieder.

„Zweifellos, zweifellos. Daran sind Sie unschuldig."

Frido hatte sich neben Malvoisiers Stuhl auf dem Boden niedergelassen. Beide sahen mich erwartungsvoll an. Ich setzte mich und schwieg.

„Nun gut. Ab 20 Uhr am 23. wollten Sie also Ihren Original-Mackintosh in Empfang nehmen."

„Ich wollte meinen Freund anrufen, mit ihm über den Verlauf der Auktion und den Zustand der Stücke sprechen. Ab 20 Uhr wäre er erreichbar gewesen."

„Wäre gewesen."

„Wenn ich angerufen hätte."

„Sie haben nicht?"

Es gibt Momente, in denen ich lieber für den Rest meines Lebens ein Schweigegelübde ablegen würde, als den Telefonhörer in die Hand zu nehmen und einen Satz zu formulieren. Was meistens auch nicht nötig ist, weil es immer noch ausreicht, am Tag danach anzurufen. Außer natürlich, es handelt sich um einen Geburtstag. Dann ist es unhöflich und unverzeihlich. In solchen Momenten reiße ich mich zusammen.

Aber sonst? Das immense Mitteilungsbedürfnis vieler Menschen habe ich sowieso nie verstanden. Und woher nehmen eigentlich alle diese idiotische Sicherheit, dass man sich ihre Ausführungen überhaupt anhören möchte? Einfach mal den Mund halten. Mein Ratschlag an den Rest der Welt.

„Einfach mal den Mund halten. An manchen Tagen ist es das Beste, was man tun kann."

„An anderen wiederum nicht. Wäre besser, Sie hätten telefoniert. Von Ihrem Festnetzanschluss aus. Dann hätten Sie jetzt so etwas wie Glaubwürdigkeit."

„Tut mir leid. Als unbescholtener Bürger konnte ich nicht ahnen, dass ich an einem x-beliebigen Abend meines Lebens für ein Alibi sorgen muss. Aber wenn Sie sich an Herrn Alexander Kaufmann in Hamburg wenden möchten: Er führt ein Antiquitätengeschäft im Mittelweg und wird den Sachverhalt gerne bestätigen."

„Der Mittelweg. Hm. Mackintosh, ja, Anruf, nein."

„Sie kennen Hamburg-Harvestehude?"

„Teures Pflaster, oder?"

„Eine gute Gegend."

„Schön, schön. Bitte verlassen Sie bis auf Weiteres nicht die Stadt."

„Welche Stadt? Selbst ich kann keinen Ort verlassen, an dem ich mich gar nicht aufhalte."

„Ich traue Ihnen eben allerhand zu."

„Ich nehme das einfach als Kompliment."

„Und verlassen Sie den Landkreis nicht."

Malvoisier verließ mein Haus und vergaß seine Salmiakpastillen. Ungehalten pfefferte ich die zerrissene Tüte in den Mülleimer. Was bildete sich der Möchtegern-Columbo ein? Nicht einmal Mäuschen hielt mich für den Täter. Apropos.

„Du hast doch den Wagen nicht vor dem Haus geparkt, oder?"

Eine knappe Stunde nach Malvoisiers Besuch stand ich vor Mäuschens Tür. Der Wagen parkte zehn Minuten Fußweg entfernt und ich hatte Frido dabei, mein perfektes Alibi. Herr und Hund auf der täglichen Runde durch die Natur.

„Steht Kilometer entfernt."

„Nur wegen des Geredes, weißt du."

„Weiß ich. Ich bin von hier."

„Vergess ich immer. Du wirkst so zugereist."

„Fehl am Platz, sag's schon."

„Na ja, du warst eben schon woanders. Im Ausland."

„Hier bin ich der komische Vogel vom Ort."

„Das gefällt mir doch. Aber bleib bitte jetzt nicht an der Tür stehen." Sie griff mich am Arm. Ganz schön kräftig.

„Willst du mich mit Gewalt in die Federn zerren?"

„Bevor die ganze Nachbarschaft über deinen Besuch Bescheid weiß, ja."

„Sex aus Angst vor den Nachbarn! Ich sehe schon die Schlagzeile."

Sie sah in die Küche.

„Dein Hund will an mein Schweinefilet. Frido! Aus!"

Fridolin entfernte auf der Stelle seine Vorderpfoten vom Küchentisch, stellte sie brav auf den Boden und setzte sich, ohne beleidigt zu sein.

„Was machst du nur anders als ich?"

„Ich sorge für Klarheit. Das mögen Tiere."

„Und das Tier hier in der Bratenform?"

„Das ist mein Lieblingsrezept für Filet: Erst mit Apfelscheiben und Zwiebeln belegen und anschließend mit Käse überbacken."

„Hörst du, Frido, wir könnten nämlich auch Brathund machen. Mit Apfel und Käse. Köstlich. Das sage ich ihm immer, wenn er nicht pariert."

„Ein Glück, dass du keine Kinder hast."

„Ich hasse keine Kinder! Du etwa? Oder warum hattet ihr keine?"

„Mein Mann wurde umgebracht, bevor wir darüber nachdenken konnten."

„Und der potenzielle Täter sitzt jetzt fröhlich an deinem Tisch. Tut mir leid." Mein Schamgefühl reaktiverte sich sich sofort.

„Ich glaube doch nicht, dass du das warst." Sie strich mir über die Haare.

Das Schwein schmorte bei 200 Grad und der potenzielle Täter lag nicht wesentlich weniger erhitzt in Mäuschens Bett. Sie ging ins Bad und kam wieder heraus – in einem gelben Nachthemd mit Spaghettiträgern, bestimmt dasselbe, das ich damals bei meiner Spionagetour auf dem Kopfkissen gesehen hatte. Ich sah auf das Kopfkissen. Blumenmuster, in pfirsich und apricot. Ein Glück. Ich lag auf der anderen Betthälfte als die Leiche damals und definitiv nicht in denselben Bezügen. Dafür schlief ich mit seiner Frau und könnte sogar Vater ihrer Kinder werden. Erstmals seit seinem Erscheinen in meinem Leben fühlte ich mich ihm absolut überlegen. Ich triumphierte geradezu.

Mäuschen zog sich einen sehr hübschen Satinkimono über ihr Nachthemd. Ich würde nicht soweit gehen, einen Bademantel der Leiche anzuziehen. Selbst wenn er frisch gewaschen war. Was er bestimmt wäre; hier im Schlafzimmer duftete alles dezent nach Weichspüler. Mäuschen hatte den Haushalt wieder im Griff.

„Bist du eigentlich der einzige Verdächtige? Warte“, sie schaute auf die Uhr, die mir immer noch wie meine vorkam, „das Filet muss raus!“ Sie lief in die Küche, ich hörte sie herumhantieren und mit Frido sprechen. Garantiert würde er nicht wagen, danach noch einmal am Braten zu riechen.

„Alles fertig.“ Sie kam zurück. „Hunger?“

„Und wie!“

„Und? Bist du der einzige Verdächtige?“

„Ich weiß es nicht. Über solche Dinge spricht Malvoisier nicht mit mir. Hanne übrigens auch nicht. Ich darf bloß den Landkreis nicht verlassen.“

„Na, bis hierher darfst du ja wohl.“

„Solange die Nachbarn nichts merken.“

„Du weißt doch, warum.“

„Gerede.“

„Ja. Das will ich nicht.“

„Klar.“

„Irgendwann müssen sie den Mörder ja finden.“

„Ich hoffe. Schon, um vor dir gut dazustehen.“

„Das tust du doch.“ Wir waren am Küchentisch angelangt. „Ich überlege die ganze Zeit, wer Marco ermordet haben könnte. Ich habe seine Papiere und Geschäftsunterlagen durchgesehen, seinen Terminplaner, aber ich finde nichts. An die Nachrichten auf seinem Handy und seine E-Mails komme ich nicht ran, ich kenne die Passwörter nicht. Aber inzwischen ist sowieso alles bei Malvoisier und Brettschneider. Sie werden das Ganze wohl knacken. Jedenfalls ist mir nichts aufgefallen. Allerdings kenne ich natürlich auch die meisten Leute gar nicht, mit denen er Kontakt hatte. Nur ein Foto gibt es, das ich komisch finde. Ich hab’s in seiner Jackentasche gefunden.“

Sie hatte die Filetstücke auf unseren Tellern angerichtet und dem Kühlschrank eine Schüssel Salat entnommen, Chicorée mit Orangen und Walnüssen – vor Jahren mal ein Moderezept, aber immer noch gut, finde ich.

„Willst du mal sehen?“ Einen Moment später war sie wieder da.

Ich nahm das Bild. Etwas zerknittert, aber sie war gut zu erkennen. Mir wurde augenblicklich heiß und gleichzeitig kalt, ich glaubte kurz, zu träumen. Auf dem Bild war keine andere als Stella Lawrence-Allingham aus London. Mein erniedrigendstes Erlebnis. An sie reichte nicht einmal Peter Lütjen heran. Prompt war das Gefühl von damals wieder da, das Messer in den Eingeweiden. Jetzt schwitzte ich richtig.

Wieso, zum Teufel, trug die Leiche ein Foto von Stella in der Tasche? Wie war das da hingekommen? Er konnte sie doch unmöglich gekannt haben – einer wie der und Stella, das ging doch gar nicht. Wie auch, wo sollten sie sich denn begegnet sein? Bei ihren doch wohl vollkommen unterschiedlichen sozialen und geografischen Umfeldern.

Ich wischte mit dem Handrücken den Schweiß oberhalb meiner Lippe weg. Hier lief eine Verschwörung, jemand wollte mir tatsächlich das Verbrechen unterschieben! Dass Fridos Leine als Mordwaffe benutzt wurde, war doch nun schon mehr als seltsam. Ich hätte gleich darauf kommen müssen, das war ein Komplott. Warum kam die Polizei nicht darauf? Nicht einmal Hanne. Spuren hatten sie anscheinend auch nicht gefunden. Aber mir selber war ja ebenfalls nichts aufgefallen.

Ich schloss die Garage immer ab. Das hatte ich natürlich auch von den anderen Türen geglaubt, die dann plötzlich offen standen. Aber die Sache ergab keinen Sinn. Warum sollte ausgerechnet mich jemand als Mörder hinstellen wollen? Ich hatte keine Feinde, jedenfalls nicht, dass ich wüsste. Man hielt mich lediglich für seltsam, aber damit gleichzeitig auch für nicht besonders relevant. Wer nicht wichtig ist, hat keine Widersacher. Ich konnte mich auch nicht erinnern, irgendwem mal etwas getan zu haben, ich bin ein höflicher und zurückhaltender Mann. Harmlos.

Etwas war hier im Gange und stimmte nicht. Oder stimmte etwas mit mir nicht und ich fing an, Gespenster zu sehen? Das Foto von Stella war Fakt, es lag hier vor mir. Und es kam aus Marcos Tasche, das glaubte ich Mäuschen. Wenn sie ein Komplott planen würde, hätte sie es einfach zur Polizei gebracht, ohne mir etwas davon zu sagen. Also gab es zwei Varianten: Jemand, der Täter, hatte es in die Jackentasche geschmuggelt, um eine weitere Spur zu mir zu legen. Dagegen sprach, dass es aus einer anderen Jacke als der des Trainingsanzugs kam. Oder der Täter hatte es Marco selber gegeben. Nur wozu? Würde man das Foto einer fremden, wenn auch noch so schönen, Frau mit sich herumtragen? Also Möglichkeit zwei, der Tote hatte Stella wirklich gekannt. Ich selber hatte seit damals in London nichts mehr von ihr gehört. Jetzt hatte er mir auch noch in dieser Hinsicht etwas voraus.

„Alles in Ordnung? Das Filet wird kalt." Mäuschen beugte sich von hinten zu mir hinunter, schlang ihre Arme um mich und legte ihre Wange an meinen schwitzigen Kopf. Sie zupfte ein Apfelscheibchen von meinem Teller und schob es mir in den Mund.

Ich kaute wohlerzogen zu Ende und sagte: „Ich kenne sie. Und ich weiß, wie sie heißt."

„Die Frau auf dem Foto? Woher?"

„Von früher." Ich sprang abrupt auf; Mäuschen machte einen erschrockenen Satz zur Seite. Ich drehte mich zur ihr und nahm ihren Arm. „Entschuldige."

„Nichts passiert."

„Doch. Das kannst du wohl sagen." Unter Auslassung der demütigendsten Details erzählte ich ihr die Geschichte von damals. Sie hatte sich gesetzt.

„Ich frage mich …", und das Gefühl durchbohrte mich mit äußerstem Schmerz oder Wut oder einer Mischung aus beidem, „… wieso dein Mann Stella kannte."

„Ähnlicher Frauengeschmack? Ich weiß es nicht." Sie sah aus, als würde sie gleich weinen. „Vielleicht sollten wir das Malvoisier erzählen."

„Das mit dem Frauengeschmack? Und wir? Ich dachte, du willst nicht, dass irgendjemand von mir erfährt. Von uns. Und du hast gesagt, du redest nicht noch mal mit Malvoisier über mich." Sie hatte natürlich recht damit, uns zu verheimlichen. Die Klatschbörse würde explodieren bei diesem Skandal; Malvoisier würden neue Unterstellungen einfallen. Trotzdem kränkte es mich. Auch Mäuschen wollte sich nicht für mich entscheiden. Du bist ein solcher Vollidiot, Fritze, sie verhält sich genau richtig in der Situation und sie kann ja auch nichts für deine Vergangenheit.

„Hm." Ich rang um Rationalität. „Du kannst es ihm nicht erzählen, ohne mich zu erwähnen. Woher solltest du sonst wissen, dass ich sie kenne?"

„Hm. Das ist wahr." Sie nahm das Foto wieder in die Hand. „Sie ist wirklich hübsch."

„Ja."

„Vielleicht könnte ich irgendwo in seinen Unterlagen einen Hinweis auf ihren Namen gefunden haben. Das könnte ich doch sagen."

„Und wenn sie wissen, dass ich sie kannte, haben sie mich sofort wieder in Verdacht. Malvoisier hätte mich schon wegen der Sache mit dem Mackintosh am liebsten verhaftet."

„Die Sache mit wem?"

„Mackintosh. Abgekürzt M. wie Marco." Ich berichtete ihr von Erikas Kalendergeschnüffel.

„Na, wenn man sonst nichts zu tun hat. Aber du kanntest sie ja. Ich meine jetzt diese Stella. Komisch ist das schon, oder?"

„Dass ich eine schöne Frau kenne?"

„Du musst zugeben, das ist schon ein ziemlicher Zufall. Wenn es ein Zufall ist."

„Vielleicht ist es eine Verschwörung gegen mich, das war mein erster Gedanke." Ich stockte. „Du glaubst doch jetzt nicht auch, dass ich in den Fall verwickelt bin?"

„Den Mord. Es ist ein Mord, kein ‚Fall'. Er war mein Mann."

„Aber du hast dich ja ziemlich schnell getröstet."

Sie sah aus, als würde sie mir in der nächsten Sekunde eine Ohrfeige verpassen.

„Entschuldige." Ich kniete mich neben den Stuhl, auf den sie sich inzwischen gesetzt hatte. „Entschuldige. Das war unmöglich. Ich bin nur so verwirrt."

„Ja. Ich auch." Sie erhob sich. „Besser, du gehst jetzt. Ich lass dich durch den Garten raus." Das Hintertürchen. Besser, man hat immer eins offen.

Kapitel 17

Der Sauvignon war fantastisch. Und glücklicherweise weiß, so dass er nur etwas Feuchtigkeit auf der heiligen Wandmalerei hinterließ. Das würde spurlos wegtrocknen. In wilder Wut hatte ich ein halbvolles Weinglas an die Wand geworfen. Erstmals in meinem Leben. Die Leiche und Stella. Meine Fantasie lief Amok. Ich stellte sie mir mit ihm im Schlafzimmer vor, so wie ich sie damals mit Daniel Pineda Hernandez gesehen hatte. Scheußlich. Doch Pineda Hernandez war wenigstens attraktiv. Sein dunkles, gewelltes Haar war mir in Erinnerung geblieben. Ein Mann mit Prachtschopf und Eliteposition. Kapital in jeder Hinsicht. Ich selber war ja nur ein Erbe aus der Provinz. Was Pineda Hernandez anbetraf, konnte ich Stellas Wahl zumindest nachvollziehen, trotz der Schmach. Aber jetzt ein spießiger Immobilienmakler? So einer, der auf sympathisch machte und seine Klienten mit halbseidenen Versprechungen einlullte, die er nie vorhatte einzuhalten. Nicht, dass er einem wirklich etwas Böses wollte, ich kannte diese Typen. In dem Moment, in dem sie Zusagen daherplapperten, die von der Realität so weit entfernt waren wie Buxtehude von den

Bahamas, glaubten sie selbst daran. Ein charmanter Windhund, der seine süße Frau, ohne mit der Wimper zu zucken, betrogen hatte, da war ich mir immer sicherer. Aber was war überhaupt mit ihr? Mit Mäuschen? Ehebruch galt doch als Kavaliersdelikt. Quasi als sportliche Betätigung. In bestimmten Kreisen – also überall da, wo Hanne, ich und unser aktiv gelebtes Mönchstum nicht waren. So schien es mir. Und Stella war offensichtlich in der Lage, ihre Gunst nach gewissen pragmatischen Kriterien zu verteilen. Aber doch nicht an einen Mann ohne jede Klasse. Das dann doch nicht. Mein Minderwertigkeitsgefühl legte sich etwas. Nein, mit jemandem wie Marco Beyer würde sie nichts anfangen. Niemals. Das war nicht möglich. Andererseits trugen Immobilienhaie auch nicht die Portraits ihrer Klienten mit sich herum, oder? Den Toten konnte man nicht mehr fragen. Miss Lawrence-Allingham – oder wie sie jetzt heißen würde, vermutlich Mrs. Pineda Hernandez, ich nahm doch an, dass sie Daniel geheiratet hatte – schon. Das musste ich klären, bevor ich den Verstand verlor.

Kapitel 18

Ich hatte Frido mit vermutlich ebenso köstlichen wie laut Packung zahnfreundlichen Hundekeksen bestochen. Dann war ich nach Bremen in ein Internet-Café gefahren und hatte sie gegoogelt. Natürlich habe ich – oder „sogar ich“, um Hanne zu zitieren – auch zu Hause einen Internetanschluss. Nicht, dass ich ihn besonders häufig nutzen würde, außer, und da könnte ich zum Besessenen werden, für die Bestellung von Kunstbänden aus dem Ausland, die man sonst nirgends bekam. Dafür war das Internet unschlagbar. Aber in diesem Fall wäre es selbstverständlich pure Dummheit gewesen, an meinem eigenen Computer zu recherchieren. Sogar mir war klar, dass die Profis von der Mordkommission bei möglicher Beschlagnahme meines Laptops sofort herausfinden würden, wen oder was ich im Netz suchte. Und man wusste ja nie in meiner Situation, in der sogar ein lächerlicher Kalendereintrag mich quasi zum Mörder gemacht hatte.

Ich hatte sie gefunden und nicht einmal viel Zeit dafür gebraucht. Im Googeln war ich mindestens so gut wie Hanne.

Hanne liebte das Internet. Er hatte sein Handy – wofür benutzte er das eigentlich? Hanne telefonierte nicht mal vom Festnetz, wenn es sich irgendwie vermeiden ließ –, seine altmodische Spiegelreflexkamera und vermutlich den halben Hausstand im Netz ersteigert. Also alles, was in Heim und Garten keine Hinterlassenschaft seiner Eltern war. Was Hanne sonst noch so tat, wenn er online war, wagte ich nicht, mir vorzustellen. Aber ich hatte eine vage Vermutung, die ich als diskreter Freund und Gentleman natürlich niemals aussprechen würde. Wie jemand sein Zölibat genau gestaltet, sei ihm schließlich selbst überlassen.

Also Miss Stella Lawrence-Allingham. Verehelichte, ich hatte es ja geahnt, Mrs. Daniel Pineda Hernandez. Ich hatte im Netz ein Foto der zwei aus den Gesellschaftsnachrichten der New York Times gefunden. Pineda sah wirklich fabelhaft aus. Markant. Jetzt mit beginnendem Grau im welligen Schopf. Glutäugig. Einer, der es verstand, einen Anzug mit Eleganz und Esprit zu tragen. Oder zu zelebrieren. Man sollte meinen, das wäre die einfachste Übung der Welt. Aber wer jemals in den frühen Morgenstunden einen innerdeutschen Flug genommen hat, weiß nur zu genau, dass zumindest hierzulande der durchschnittliche Anzugträger aus unerfindlichen Gründen dazu in der Lage ist, selbst das klassischste aller Kleidungsstücke zum schlecht sitzenden Freizeitlook zu degradieren. Miserables Material in Kombination mit unansehnlichen gummibesohlten Tretern – sie schaffen es. Oder ihn, den Anzug. Doch Stellas Angetrauter würde das germanische Niveau ja nun heben.

Ich hatte ihre Adresse gefunden. Sie lebten in, wer hätte das gedacht, Hamburg. Vor einem knappen Jahr waren sie von Manhattans Upper Eastside in die Hansestadt nach Eppendorf gezogen. Blankenese kam nicht infrage, schätzte ich. Der Elbvororte-Perlenkettenlook, der war nichts für Stella. Aber Kaschmir hatte sie immer gemocht. Ich hätte eine luxussanierte Fabriketage im Karolinenviertel empfohlen. Andererseits war ich natürlich kein Immobilienberater.

Dann saß ich da mit meinen Informationen. In einem anderen Café im Bremer Ostertorviertel, eine der Gegenden in der Stadt, die ich mochte. In einem emotionalen Wirbelsturm und mit einem Zettel in der Hosentasche, auf dem Stellas Nummer stand. Nach dem Debakel mit dem Mackintosh hatte ich sie natürlich nicht im Kalender notiert.

Stella in Hamburg. Warum nicht gleich in meiner unmittelbaren Nachbarschaft? Leider hatte mich auch das zweite Glas Wein noch nicht wirklich beruhigt. Ein, ausgerechnet, argentinischer Roter diesmal. Aber ich brauchte das tröstliche Gefühl von Üppigkeit und Wärme, das diese Weine reichlich vermitteln. Man kann praktisch eintauchen in ein kuschliges Wohlbefinden. Nomalerweise funktionierte das bei mir immer.

Also hatte sie die Leiche vermutlich in Hamburg getroffen. Auf der Wohnungssuche vielleicht. Ich musste Mäuschen fragen, ob Marco da tätig gewesen war. Und fit genug für den Umgang mit wohlhabender Klientel aus dem Ausland. Letzteres fragte ich aus Höflichkeit nur mich selbst. Ich verabscheute diesen Beyer aus tiefster Seele, weil er Stella kannte. Und wenn auch nur als Makler. In mir brodelte schon wieder das wilde Gefühl der Unterlegenheit.

„Guten Abend, Herr Webeken, das ist aber eine nette Überraschung."

Ein anderer außerordentlich stilvoller Anzugträger hatte sich an meinen Tisch gesellt. Es gab also drei stilvolle Männer auf der Welt – denn selbstverständlich zählte ich mich auch dazu.

Brettschneider war rein optisch das volle Gegenteil von Stellas Gatten: blond, blaue Augen, feines Haar, aber hervorragend geschnitten und, wie es aussah, leicht pomadisert. Brettschneider würde kein gewöhnliches Haargel verwenden. Er sah aus wie ein Dandy aus den zwanziger Jahren. Ich wagte einen dezenten Blick nach unten. Budapester. Der Klassiker in dunkelbraun, geschnürt und mit dem typischen Lochmuster. Perfekt zum Anzug: Tweed.

„Gehen Sie öfter in Bremen aus? Ich habe Sie hier noch nie gesehen." Brettschneider trank ein Helles. Auch das wirkte sehr gepflegt an ihm und gefiel mir. Was für ein Unterschied zu seinem verknitterten Vorgesetzten. Mir fiel auf, dass ich Brettschneider auch noch nie gesehen hatte. Also gesehen natürlich schon. Im Zuge der Ermittlungen. Doch wirklich registriert hatte ich ihn nicht. Obwohl er ja derjenige war, der meine Fingerabdrücke genommen hatte. Aber da war ich zu sehr mit der Scham und mir selbst beschäftigt, um noch männliche Attraktivität zu bemerken.

„Ich fürchte, ich gehe kaum irgendwo aus." Noch mehr fürchtete ich, dass Brettschneider mein unerlaubtes Verlassen des heimatlichen Landkreises bemerken und fragen würde, was ich hier zu suchen hatte.

„Hier finden Sie übrigens eine wirklich fantastische Speisekarte. Haben Sie schon gegessen? Ich kenne den Koch. Heinrich. Er hat in Paris gelernt, ist aber waschechter Bremer und das merkt man. Was er hier macht, ist einfach exzellent. Einfach und exzellent. Kein Haute-Cuisine-Trallala. Sondern Dinge, die wir hier mögen, aber …" Er legte die Fingerspitzen zusammen und hauchte einen Pseudokuss in die Luft.

Ich hätte nicht gedacht, dass Brettschneider ein solcher Patriot war. Aber natürlich kannte ich ihn ja auch gar nicht.

„Ich fürchte, ich habe noch gar keinen Hunger", log ich. In Wahrheit hatte ich seit Stunden nichts zu mir genommen außer zwei Gläsern Wein, deren Wirkung sich nun doch langsam bemerkbar machte. Aber mein Magen war nicht in der Stimmung zum Essen.

„Sie fürchten sich aber wirklich häufig, muss ich sagen. Vor dem Ausgehen, vor einer guten Mahlzeit …"

Das stimmte ja nun nicht. Ganz schön keck, Herr Brettschneider. Aber da konnte ich doch wohl locker mithalten, sogar in meiner Verfassung.

„Und ganz besonders vor Ihrem Kollegen, der mir einen Mord anzuhängen versucht."

„Das meint er nicht so. Mir hängt er auch dauernd irgendwas an. Unterlagen vergessen zu haben, die er selber in seiner Aktentasche herumträgt. Solche Dinge."

„Interessant. Dann hat er ja vielleicht auch selbst das Tötungsdelikt begangen."

„Keine Chance, bei den Spuren von Salmiakpastillen, die Malo überall hinterlässt, hätten wir ihn schon längst überführt."

„Sie nennen ihn Malo?"

„Nur privat. Ich kann nicht in französischen Nachnamen denken, wenn ich mich ärgere. Aber eigentlich lieben wir uns."

„Ein schönes Paar."

„Danke. Wenn ich ihn so weit habe, dass er mir zum Wochenende Rosen mitbringt, sind Sie Ehrengast bei der Verlobung."

„Womit werden Sie anstoßen? Lakritzlikör?"

„Malo bekommt seine Milch. Der Rest der Anwesenden muss Champagner trinken, da bin ich konservativ. Und wir bekommen jetzt was zwischen die Zähne, ob Sie sich fürchten oder nicht. Darf ich mich setzen?“

Das war doch bestimmt gegen die Dienstvereinbarung.

„Dürfen Sie denn das?“

„Wenn Sie erlauben.“ Er nahm Platz.

„Essen mit Verdächtigen.“

„Solange sie so verdächtig verhungert aussehen wie Sie, schon. Humanitäre Werke und meine Profession schließen sich nicht aus, auch wenn viele Leute das immer noch denken.“

Kapitel 19

„Ich muss nach Hause. Den Hund rauslassen."

„Jetzt?" Christoph rollte sich quer durch das verwüstete Riesenbett, bis er mit seinem Oberkörper fast auf meiner Brust lag, und schnüffelte an meinem Nasenflügel. „Natürlich schätze ich eine verantwortungsvolle Haltung gegenüber Mitbewohnern, Begleitern und besten Freunden. Aber ist er nicht alt genug, sich selbst rauszulassen?"

„Genau das ist ja in den letzten Wochen mehrfach passiert und ich weiß bis heute nicht, wie. Ich bin wahnsinnig korrekt mit dem Abschließen. Aber irgendwie waren die Türen offen und der Hund draußen, alleine. Einmal für Tage verschollen. Ich stand kurz vorm Herzinfarkt vor Sorge."

„Hm. Das werde ich natürlich nicht riskieren. Du darfst also gehen, auch wenn es mir zutiefst widerstrebt."

„Erklär mir lieber, wie ich hierhergekommen bin. Das ist doch wohl total verboten."

„Aber so was von verboten. Malo wirft mich raus, wenn er das erfährt. Aber was er nicht weiß, macht ihn nicht ... So dermaßen heiß, wie er von Natur aus schon ist, wird das für ihn kein Verlust sein, was meinst du?" Er rollte sich auf die Seite und fixierte mich mit erhobener Augenbraue, was mich sofort an Hanne erinnerte. Offenbar hatten Polizisten ein Monopol auf diesen Blick.

„Im Übrigen kann ich mich nicht entsinnen, Gewalt angewendet zu haben. Will sagen, deine Anwesenheit sowie sämtliche Handlungen der zurückliegenden …“ Er sah auf die Armbanduhr, die er immer noch trug und die einen ziemlichen Kratzer auf meinem Oberschenkel hinterlassen hatte – Uhren und Kratzer nahmen ganz neue Dimensionen an in meinem Leben – „… sechs Stunden beruhten auf Freiwilligkeit.“

„Beruhten. Also, unter Ruhe stelle ich mir ganz was anderes vor.“

„Nun ja, ich gebe zu, gewaltfrei, aber dafür unter Einsatz meiner schärfsten Waffe agiert zu haben. Selbstverständlich konntest du dich nicht wehren gegen diesen tödlichen Charme.“ Christoph Brettschneider näherte sich mit lüsternem Killerblick der Region unterhalb meines Bauchnabels.

In vollkommener Sicherheit, dieses Bett nie wieder zu verlassen, wenn ich zuließe, was er da vorhatte, und bereits wieder leicht transpirierend, griff ich mir seine Schultern und positionierte ihn in Rückenlage neben mir. Glücklicherweise leistete er keinen Widerstand. Mit rechts und links von ihm aufgestützten Armen betrachtete ich ihn von oben. Christoph war ein schöner Mann, auch wenn er sich seiner stilsicheren Garderobe entledigt hatte. Um genau zu sein, ich hatte ihn seiner Garderobe entledigt. So bin ich ja sonst nicht. Christophs Haut war hell und glatt und fühlte sich wunderbar an. Seine Figur war eher schmal und nicht wirklich muskulös, aber doch griffiger als meine. Was ja auch nicht weiter schwierig ist.

„Was ist dir bloß eingefallen, uns in diese Lage zu bringen?“

„Aufgefallen. Du bist mir aufgefallen. Von Anfang an. Verfallen war ich dir dann später“, er schielte dramatisch, „als Malo mir von deinem Wohnzimmer erzählte. Den Mann musste ich kennenlernen. Gestern habe ich einfach die Gunst der Stunde genutzt. Hätte jeder getan. Was hast du eigentlich für ein Verhältnis zu Hans Harms?“

„Ich bete ihn an. Seit Jahrzehnten. Wir zelebrieren gemeinsam vollkommene sexuelle Abstinenz.“

Bis vor Kurzem stimmte das ja noch. Und jetzt gab es auch noch Mäuschen. Mein Dasein bewegte sich in eine seltsame Richtung. Vom asexuellen Eremiten mit glasklarem Geist hatte ich mich zum kopflosen Mordverdächtigen entwickelt, der innerhalb kürzester Zeit mit zwei Personen verschiedenen Geschlechts schlief, deren Wahl schon aufgrund ihrer Verbindung zum Mordfall gelinde gesagt ein Fehlgriff war. Um noch gar nicht von meinem erschütterten Selbstverständnis als unerschütterlichem Heterosexuellen zu reden.

Und Stella lebte in Hamburg. Und ich hatte vor, sie anzurufen, um sie zu ihrer Verbindung zum Opfer zu befragen. Idealerweise hinter dem Rücken meiner neuen Gespielen und meines alten Co-Eunuchen Hanne.

Früher hatte ich ja immer gern gelitten, weil sich mein Leben wie eine bloße Existenz anfühlte und ich alles nur von außen betrachtete, ohne jemals wirklich teilzuhaben. Jetzt steckte ich plötzlich mittendrin und verlor zusehends die Kontrolle. Abgründe muss man in Schach halten. Es sei denn, ich fände Geschmack an Chaos und Amoral.

Christophs Finger schwebten über meinem Unterbauch. Wie soll man überhaupt wissen, was einem gefällt, wenn man nie etwas ausprobiert hat.

„Zelebration der Abstinenz. Ich hoffe, du erwartest nicht meine Teilnahme an diesem Fest.“

„Für heute schon. Zumindest, was mich betrifft."

Brettschneider hatte mich gleich am ersten Abend verführt. Und war damit, wie mir blitzartig ins Bewusstsein drang, doch bestimmt genauso promisk wie Mäuschen und Marco und alle ihre kleinbürgerlichen Pärchenfreunde. Und das hier bedeutete wie immer: nichts. Außer Schmach und Enttäuschung für mich. Ich war nicht geeignet für ein Leben mit Leben. Ich sprang aus dem Bett und in meine Sachen, nachdem ich sie denn gefunden hatte. Jetzt die Contenance bewahren und sich würdig und welterfahren aus der Situation entfernen.

„Neben der gemeinsamen Abstinenzia …", Christoph war ebenfalls aufgestanden und unterstrich das letzte Wort mit einer zierlichen Handbewegung à la Rokoko, „… und den jugendlichen Freuden mit Herrn Lütjen junior, du siehst, ich nehme meinen Job ernst und habe deine Akte auswendig gelernt. Also abgesehen von diesen prägenden Erlebnissen – bin ich dein erster …", er stellte sich breitbeinig in Macho-Pose, „… richtiger Mann?"

Wie konnte er das fragen. Das war mir gar nicht recht. So ein unerfahrenes Landei war ich ja nun auch wieder nicht.

„Mein Mann? Noch sind wir nicht verheiratet, Liebster. Du wirst dich zwischen mir und Malo entscheiden müssen." Ich war stolz, mich dermaßen intelligent herausgewunden zu haben.

„Habe ich schon. Lass uns die Koffer packen und eine Sambaschule in Rio gründen."

„Ich kann nicht tanzen."

„Dann kaufen wir einen Weinberg in Argentinien." Er galoppierte mit gesenktem Kopf und angedeuteten Stierhörnern auf mich zu. „Und keine Ausrede, mein Lieber. Trinken kannst du. Aber was ich eigentlich sagen wollte: Ich habe zwar nicht in fortdauernder Abstinenzia gelebt – doch wenn ich gewusst hätte, dass eine Nacht wie diese auf mich zukäme, hätte ich mich selbstverständlich für dich aufgespart." Er senkte züchtig die Lider. „Aber im Ernst: Ich jage nicht alles, was Hosen trägt und nicht bei drei auf den Bäumen ist. Auch wenn du das bestimmt jetzt denkst. Vor dir steht ein Mann mit unerschütterlichem erotischen Ethos. Mir muss jemand schon sehr, sehr gut gefallen, bevor ich über ihn herfalle. Und das passiert nicht oft." Christoph sah mich an. Meine vertrauten Körperfunktionen aktivierten sich, der Schweißfilm über der Oberlippe bahnte sich seinen Weg. Glücklicherweise lag die letzte Rasur schon etwas zurück. Vielleicht sah man es nicht so.

„Schön."

„Gut. Das war meine heutige Ansprache. Sieh zu, dass du Fridolin rettest. Ich nehme alle Schuld auf mich. Das nächste Mal müsst ihr mich zu zweit besuchen. Dann ist ein Problem schon mal gelöst."

Beim Sitzen im Auto rieb sich der Stoff meiner Hose etwas unangenehm an dem Kratzer auf meinem Bein. Trotzdem fand ich diese Schramme ganz gut. Christophs Rede beflügelte mich und ich vergaß kurz mein Minderwertigkeitsgefühl und Grundmisstrauen in Sachen Amore. Ich gefiel ihm. Wie's aussah. Und er gefiel mir auch und was wir in der Nacht getan hatten umso mehr. Meine Güte. Stolz machte sich in mir breit. Ich war in der Lage, etwas ebenso Verbotenes wie Lasterhaftes wie Frivoles zu tun. Ich wurde meinem sündigen Ruf gerecht. Natürlich war ich jetzt nicht auf einmal doch noch homosexuell. Oder? Verrucht offen zu beiden Seiten, überlegte ich mir. Das wäre es. Waren die Dietrich und die Garbo ja auch gewesen. Ich bekäme diese

Aura, bei der alle sich fragten, was genau es eigentlich ist, was diesen Mann so besonders machte. Und vor allem so besonders lebensgefährlich.

Ich hatte in meiner Versunkenheit eine rote Ampel übersehen und konnte gerade noch bremsen, bevor ich den Radfahrer zu Fall gebracht hätte. Ich riss die Tür auf.

„Entschuldigen Sie bitte. Entschuldigen Sie, ich habe nicht aufgepasst. Ist alles in Ordnung?“

„Is’ noch mal gutgegangen. Aber demnächst besser ’ne Brille aufsetzen.“

„Sie haben recht.“ Ich trug sie tatsächlich nicht.

Beim Weiterfahren mit Brille versuchte ich, mich auf die Straße zu konzentrieren. Leicht war das nicht. Gestern Abend hatten wir dieses unglaubliche Ragout vom Reh gehabt, das ich eigentlich gar nicht bestellen wollte, und zwar aus Prinzip. Diese Tiere sind nun wirklich zu hübsch zum Essen. Das fand Kommissar Brettschneider auch. Im Prinzip. Andererseits war er der Meinung, dass man einen vorzeitigen Tod verschmerzen könne, wenn man im Anschluss von Heinrich zubereitet würde. Und danach einen hungrigen Gast ins kulinarische Nirwana versetzte. Ich schlug vor, er solle sich versetzen lassen. Kommissare mit solchen Ansichten sind doch gesellschaftlich untragbar. Aber da hatte ich das Reh noch nicht probiert.

Jedenfalls hieß er nach dem Mohnparfait Christoph. Dem Mohnparfait gingen ein drittes und viertes Glas vom argentinischen Malbec voraus. Ihm folgte ein Glas Cognac, weich wie Karamell, obwohl ja zu den harten Sachen gehörend, für die ich mich sonst nicht begeistere. Also war natürlich Alkohol im Spiel, ja. Meine omnipräsente Bedürftigkeit, die von ein wenig Nähe mit Mäuschen längst nicht gestillt war, brauche ich wohl nicht mehr zu erwähnen. Aber, und das muss erwähnt werden, Christoph warf mich auch wirklich um. Wir hatten unendlich viele Gemeinsamkeiten und außer Hanne und Alex gab es doch sonst nie jemanden, auf den das auch nur ansatzweise zutraf.

Aber das hier war ja ganz etwas anderes. Aufregend. Auch Christoph wohnte in einem Haus, das er von seinen Eltern geerbt hatte. Es war eins der alten handtuchschmalen Häuser in Bremen-Schwachhausen. Das musste ich mir ansehen; ich wollte schon immer wissen, wie sie von innen aufgeteilt waren. Und natürlich interessierte mich auch Christophs Umgebung. So, wie er aussah.

Wie sich herausstellte, war sie ebenso gelungen wie er. Er hatte alles im Stil der zwanziger Jahre eingerichtet, inklusive funktionstüchtigen Grammophons. Im Wohnraum standen eine Chaiselongue, bezogen mit dunkelgrünem Samt, und zwei raumgreifende Fauteuils, deren braunes Leder an vielen Stellen brüchig und abgewetzt war, was ihrer Eleganz keinerlei Abbruch tat. Die Bodendielen hatten einen ochsenblutfarbenen Lackanstrich, darauf lag ein ebenso abgewetzter wie schöner Orientteppich. Das untere Drittel der Wände war mit Holzpaneelen verkleidet, ebenfalls in dunkelrot lackiert, die zwei oberen wurden von einer dezent grün-beige gemusterten Tapete bedeckt.

„Original." Christoph wies auf die Wand. „Hat im tiefsten Keller eines alten Raumausstatterladens überlebt. Aber frag nicht, wie der Maler und ich sie an die Wand bekommen haben, kurz bevor sie zu Staub zerfiel. Jetzt ist sie mit so viel Kleister und Firnis fixiert, dass sie von alleine stehen bliebe, sollten sich eines Tages die Wände auflösen."

Ich war begeistert. Nicht nur von der neuen Autonomie der Tapete.

Weiteren Wohndetails konnten wir uns dann nicht mehr widmen, nachdem Christoph mich tatsächlich geküsst hatte. Was soll ich sagen, hatte ich das geahnt? Ich glaube ja, spätestens ab dem Dessert lag diese erregende Anspannung spürbar in der Atmosphäre. Diese kleinen Berührungen, die zufällig sein konnten. Oder aber auch nicht. Dieser etwas zu lange Blickkontakt im Gespräch. Das Gefühl von Furcht bei gleichzeitigem heimlichen Hoffen. Andererseits hatte ich mir gar nicht vorzustellen gewagt, dass tatsächlich jemand wie er … Wie auch immer, nach dem Kuss war nur noch wichtig, wie wir uns schnellstmöglich gegenseitig ausziehen konnten. Ohne uns an anderen Details wie Gürtelschnallen oder Manschettenknöpfen allzu lange aufzuhalten.

Und noch ein Gutes hatte diese Nacht. Ich fühlte mich gestärkt für ein potenzielles Treffen mit Stella. Ich hatte ihr etwas entgegenzusetzen. Keinen Ehemann, aber einen Mann. O ja. Ich griff in meine Hosentasche. Wie sich herausstellte, befand sich der Zettel mit Stellas Nummer nicht darin. Auch nicht in Jackett und Mantel. Das fehlte noch. Ich hatte ihn garantiert beim wilden Gerangel in Christophs Haus verloren. Was ja nicht so schlimm wäre, er würde ihn entweder gar nicht weiter beachten und ihn einfach wegwerfen, wie jedes andere zerknitterte Stück Papier, das irgendwo herumlag. Oder er würde erkennen, dass eine Nummer darauf stand – ohne Namen, ohne Abkürzung eines Namens, ich war cleverer geworden – und ihn mir bei Gelegenheit zurückgeben. Hätten wir uns unter normalen Umständen kennengelernt und nicht in der Konstellation Mordverdächtiger und ermittelnder Kommissar. Ich schwitzte schon wieder. Aber auf Christoph war doch Verlass. Vielleicht so weitgehend wie auf Hanne.

Kapitel 20

Der Tag danach verlief ruhig. Frido kommunizierte wieder mit mir, was mich einen Besuch der Fleischerei gekostet hatte, zwecks Erwerbs eines besonders schönen Schweineohrs. Der umfangreiche Familienname von Stellas Gatten war, vermutlich für immer, in mein Gedächtnis graviert und so konnte ich ihre Nummer über die Auskunft herausfinden, von einer entlegenen Telefonzelle aus. Und es würde ja wohl niemand herausbekommen, wonach ich bei der Auskunft fragte.

Am Tag nach dem Tag danach erwarteten mich zwei Überraschungen. Die angenehme war ein Brief von Christoph, ohne Absender, der den Zettel mit Stellas Nummer enthielt und eine Karte folgenden Wortlauts: „Der scheint dir – ich weiß auch nicht, bei was für einer ungestümen Bewegung – aus der Tasche gefallen zu sein. Dachte, du könntest ihn vielleicht brauchen. Hoffe, es ist nicht die Nummer eines konkurrierenden Mitbewerbers." Die unangenehme Überraschung war ein Besuch Malvoisiers. Malo drückte mir einen Gegenstand in die Hand, den ich sofort als meine Uhr identifizierte. Der kleine Kratzer. Exakt, da war er wieder, wie bei Mäuschen. Auf der Vorderseite befanden sich weitere Schrammen – die hatte sie vorher nicht gehabt. Das Armband fehlte.

„Es ist also Ihre. Schön, schön. Habe ich mir gedacht. Passt zu Ihnen."

„Hat Frau Beyer Sie Ihnen gegeben?" Ich platzte heraus, ohne nachzudenken. Ich Idiot. Zu uncool, um Verbrecher zu sein. Wie lange wird es dauern, bis ich ihm erzähle, dass ich sexuelle Kontakte zu seinem Assistenten unterhalte?

„Frau Beyer?" Malvoisier schien überrascht. Die Hand mit den Samiakpastillen verharrte auf halber Höhe zwischen Tüte und Gesicht.

„Mir ist nur neulich aufgefallen, dass sie dieselbe trägt. Ich habe einen Blick für sowas."

„Kann ich mir vorstellen." Die Salmis landeten endlich zwischen seinen Lippen und Bruchteile von Sekunden später erklang das gewohnte laute Knacken. Ich könnte ihm die Adresse eines ziemlich renommierten Zahnarztes geben. Wenn ich wollte. Falls es ihm was nützte. Polizisten waren doch wohl keine Privatpatienten, oder zahlen wir das mit unseren Steuern? Christoph war auch Polizist, fiel mir sofort wieder ein. Von Hanne ganz zu schweigen. Ich schämte mich sofort. Auch Pastille schien anzunehmen, dass ich Grund dazu hatte. Oder zumindest in größeren Schwierigkeiten wäre.

„Ich schlage vor, Sie rufen Ihren Anwalt an. Sie haben doch einen?"

Ich hatte. Klar. Bei der Fülle meiner weltlichen Besitztümer war das unumgänglich.

„In Hamburg. In der Kanzlei, die meine Grundstücksangelegenheiten regelt."

„Versiert in Strafrecht?"

Ich hatte keine Ahnung. Land zu verpachten war immer noch legal, selbst wenn man nichts zu seinem Erwerb beigetragen hatte, außer ein paar genetische Informationen seiner Vorfahren durch die Welt zu tragen. Oder weiterzugeben. Was, wenn Mäuschen schon ein Kind von mir bekäme? Nicht, dass wir Risiken eingegangen wären. Jedenfalls nicht die ganze Zeit. Nur das erste Mal, bei mir zu Hause. Ich nahm natürlich an, dass eine Frau wie sie die Pille nimmt. Gefragt habe ich aber nicht, das wäre mir unangenehm gewesen.

Ich bin ja auf so etwas nicht eingestellt. Und mein Haushalt verfügt auch nicht über Präservative. Aber das würde sich jetzt umgehend ändern, schon breitete sich wieder freudige Erregung in mir aus. Ich müsste natürlich nach Bremen oder Hamburg fahren, um welche zu besorgen. Oder ich könnte sie extra provozierend bei Erika im Supermarkt kaufen. Dann würde es sich natürlich lohnen, eine ausgefallene Sorte zu nehmen. Ich dachte kurz über XXL mit Vanillegeschmack nach und darüber, wie ich lauthals lamentieren würde, dass mir Kiwi-Maracuja natürlich lieber wäre, aber das Unternehmen exotische Wünsche offenbar nicht befriedigen könne. Würde ich gleichzeitig noch ein paar harmlose Haushaltsartikel wie, sagen wir, eine Wäscheleine und Klammern, Gummihandschuhe und Kerzen kaufen, wäre ich binnen weniger Stunden als Veranstalter sadomasochistischer Orgien bekannt. Und ich möchte gar nicht wissen, wer da gerne eingeladen wäre.

Ich erinnerte mich an einen langen Abend, an dem Hanne und ich wild über die speziellen Vorlieben fast aller unserer Lieblinge am Ort spekuliert hatten: Erika, mit nichts als dem Edeka-Kittel und ellenlangen falschen Wimpern bekleidet, schleicht erwartungsvoll in den Getränkekeller der Dorfkneipe, wo Hinnerk Dierksen gerade …

„Versiert in Strafrecht?“ Die sanfte Wiederholung von Malvoisiers Frage beförderte mich zurück in die Realität. „Das sollte er nämlich. Ihre Uhr …“, er wies auf meine Hand, „… die Sie soeben als Ihr Eigentum identifiziert haben, wurde auf Lütjens Hof gefunden. Zwischen ein paar lockeren Steinen unweit des Geräteschuppens.“

„Ich war nicht auf dem Hof, seit Jahren nicht. Vielleicht ist es doch nicht meine. Ich habe neulich schon einmal eine Uhr für meine gehalten. Fragen Sie Frau Beyer.“ Egal, nun hatte ich Mäuschen ja schon erwähnt. Tatsache war, ich vermisste meine Uhr. Diese sah aus wie meine, nur sehr ramponiert. Mäuschens sah aus wie meine im Normalzustand. Beide könnten theoretisch meine sein. Oder auch nicht. Das hier könnte auch Mäuschens Uhr sein. Also, wenn wir beide eine hatten. Aber Mäuschen kam ja als Täterin nicht in Frage, sie war in den Ferien gewesen und hatte die Uhr nach dem Mord noch getragen. Ich war nicht auf dem Hof gewesen. Dementsprechend konnte ich meine Uhr da nicht verloren haben. Ein Finder hätte sie nehmen und dort verlieren können. Vielleicht hatte Mäuschen sie ursprünglich irgendwo gefunden und das nicht zugeben wollen. Jedenfalls war jetzt irgendwie diese Uhr zu Lütjens gekommen. Noch eine Spur zu mir. Und das war nun ganz bestimmt kein Zufall mehr. Ein Komplott. Ich wurde mir immer sicherer. Jemand wollte mich wirklich als Täter dastehen lassen. Schon war mir wieder furchtbar heiß, in kürzester Zeit klebte mein Hemd mir feucht von Schweiß am Rücken.

Ich teilte Malvoisier meine Vermutungen mit, nachdem ich mit einem Taschentuch über mein Gesicht gefahren war.

„Hier könnte eine Verschwörung vorliegen. Und vergessen Sie nicht, Frau Beyer nach ihrer Uhr zu fragen."

„Vergessen Sie nicht, Ihren Anwalt nach seinen Kompetenzen zu fragen. Sie sind dringend mordverdächtig, Herr Webeken."

„Aber das ist doch absurd. Ich sagte doch, ich habe meine Uhr verloren. Und das hier könnte ein Komplott sein."

„Haben Sie Feinde?"

„Nicht, dass ich wüsste."

„Hm. Das spricht nicht für ein Komplott, oder?"

Jetzt wurde mir noch zum Verhängnis, ein höflicher Mensch zu sein.

„Vielleicht weiß ich es ja auch bloß nicht. Jeder kann doch auch unbekannte Feinde haben."

„Jeder kann auch Gespenster sehen. Eine Uhr am Arm der Witwe des Opfers für die eigene halten. Und dann wieder behaupten, sie wäre doch nicht die eigene, sondern die, die am Tatort gefunden wurde. Nachdem sie sie vorher schon als ihre erkannt hatten. Ziemlich konfus, finden Sie nicht? Ungefähr so, wie Ihre Aussage über Ihre erste Begegnung mit Marco Beyer."

„Die im Busch? Sie hätten ihn auch für tot gehalten."

„So, so. Ich möchte nicht unhöflich sein, noch ist ja nichts bewiesen, aber entweder stiften Sie gezielt Verwirrung oder Sie sind tatsächlich meschugge. Sie könnten auf Unzurechungsfähigkeit plädieren."

„Danke. Ich richte es meinem Anwalt aus."

„Und bitte jetzt gleich. Ich muss Sie mit aufs Revier nehmen. Wo ist Ihr Telefon?"

Kapitel 21

Dr. Julius Jacob, ein Bild eines hanseatischen Anwalts, hatte alles geregelt. Kraft seiner Kompetenz und, ich möchte schwören, seiner unschlagbaren konservativen Präsenz war ich auf Kaution entlassen. Dr. Jacob war mir empfohlen worden von meiner Hamburger Kanzlei, die sich tatsächlich mit Strafrecht – Mord! – nicht befasste. Ein Glücksgriff. Ungefähr in meinem Alter, groß, knochig, der noch verbliebene Haarkranz hellblond. Er trug eine runde Hornbrille, blau-weiß gestreiftes Hemd mit dezent gemusterter blauer Krawatte und einen wirklich beeindruckend sitzenden dunkelblauen Anzug. Womit er der Vierte im Bunde der zum Anzugtragen Befähigten war. Befähigt war er natürlich sowieso. Sein ruhiges, unaufgeregtes Auftreten, der fantastisch feste Händedruck und seine tiefe, auffallend wohlklingende Stimme garantierten ihm spontan mein ganzes Vertrauen.

„Rund wie Osterei mit Grand Marnier", ließ Christoph später über die Stimme verlauten.

Der Mann war gut. Besser als Grand Marnier, obwohl ich eine Portion hätte vertragen können, die den Inhalt eines Ostereis weit überstieg.

Der Schock und, was viel schlimmer war, die entsetzliche Demütigung einer Fast-Verhaftung erschütterten mich zutiefst. Ich konnte mich nicht dagegen wehren, mich halb zu Tode zu schämen, obgleich ich mir keiner Schuld bewusst war. Was heißt, keiner Schuld bewusst? Ich war unschuldig. Darüber konnte es natürlich gar keine Diskussion geben.

Als Malvoisier mich in sein Bremer Büro geleitete, wünschte ich, der Boden würde sich unter mir mir öffnen. Stattdessen öffnete sich die Tür des Nebenraums und Christoph trat heraus. Er grüßte förmlich unter Anwendung meines Nachnamens und strich im Vorbeigehen, hinter Malos Rücken, leicht über meinen. Fast wären mir die Tränen gekommen vor Dankbarkeit.

Kapitel 22

In der Post lag eine einstweilige Verfügung. Ein Jurist aus Bremen hatte im Namen seiner Mandantin Kerstin Beyer beantragt, dass ich mich ihr nicht auf weniger als zwanzig Meter nähern und auch sonst keinen Kontakt, z.B. telefonisch, zu ihr aufnehmen dürfe. Ich war verletzt, aber nicht so, wie ich es unter normalen Umständen gewesen wäre.

Der anormale Umstand war Christoph. Er hatte seit der Verhaftung mehrfach angerufen, aus Telefonzellen, wie in einem Spionagefilm, und einmal sogar vom Büro aus: „Nichts ist unverfänglicher. Ich habe allen Grund, vom Tatverdächtigen Informationen einzuholen, oder? Also, Herr W., was haben Sie mir heute über Ihren nächsten Besuch in meinem Hause mitzuteilen? Ich verlange eine klare und verbindliche Aussage."

„Echte" Informationen über den Fall holte Christoph nicht bei mir ein, also er vernahm mich nicht, sagte aber auch nichts über den Stand der Ermittlungen. Er vermied es fast völlig, über den Mord zu sprechen, wenn wir zusammen waren. Allerdings hörte ich auch nichts von Malo. Vielleicht gab es keine neuen Erkenntnisse. Christoph schien meine Komplott-Theorie für möglich zu halten, äußerte sich aber nicht detaillierter. Konnte er natürlich auch nicht. Die Situation, ausgerechnet mit einem Verdächtigen privaten – außerordentlich privaten – Kontakt zu pflegen, war selbstverständlich schwierig für ihn. Ich sah das ein. Er verhielt sich vorbildlich mir gegenüber und seine Zuneigung war ja wohl ohnehin ein Beweis dafür, dass er mich nicht für den Täter hielt. Es sei denn, er hielte Beziehungen zu Mördern für den ultimativen sinnlichen Kick.

Mäuschen hatte mich nicht gegrüßt. Darauf war die einstweilige Verfügung zurückzuführen. Sie stand bei Erika an der Kasse und verteilte ihre Einkäufe auf zwei geflochtene Basttaschen, als ich den Supermarkt betrat, in dem mich schon ohnehin jeder nach Möglichkeit keines Blickes würdigte. Außer hinter meinem Rücken. Das Getuschel schwoll praktisch zum Orkan an, wann immer ich irgendwo im Ort auftauchte, was ich nur noch in Notfällen tat. Also hin und wieder, um mich vor dem Hungertod zu bewahren. Keine Freude, ich hatte begonnen, bei Edeka Abgepacktes, sogar abgepacktes Brot, zu kaufen, weil ich mich nicht an der Käsetheke oder in der Backstube behandeln lassen wollte, als hätte man meine Lebensmittel am liebsten mit Rattengift versetzt.

Mäuschen wandte sich demonstrativ ab, als sie mich kommen sah. Sie griff eilig nach ihren Taschen, wobei der linke Ärmel ihres grauen Blazermantels nach oben rutschte – sie trug keine Uhr.

Zu Hause wählte ich sofort ihre Nummer. Nach zweimal Klingeln war sie schon am Apparat.

„Ich bin's, Friedrich."

„Was willst du?“

„Mit dir reden. Ich habe deinen Mann nicht umgebracht, ich schwöre es.“

„Und deine Uhr? Die hast du ganz aus Versehen bei Lütjens abgelegt?“

„Ich habe sie verloren. Aber nicht bei Lütjens, weil ich da nicht war. Und was ist mit deiner Uhr? Du trägst sie nicht, ist mir aufgefallen.“

„Spionierst du mich aus? Willst du jetzt mir deinen Mord anhängen?“

„Es ist nicht mein Mord!“

„Lass mich in Ruhe. Oder möchtest du vielleicht noch ein bisschen Sex mit der Witwe deines Opfers? Das findest du erregend, oder? Das ist so ekelhaft, total pervers.“

„Kerstin …“

Sie hatte aufgelegt. Ich versuchte es noch einmal, aber sie meldete sich nicht mehr.

Ihre Uhr war in der Schweiz. Christoph hatte sie gefragt. Irgendetwas musste ausgetauscht werden und der Bremer Uhrmacher, bei dem sie gewesen war, hatte das passende Original-Ersatzteil nicht da. Deshalb hatte er das gute Stück zur Reparatur ans Werk des Herstellers geschickt. Ihren Beleg hatte sie verloren, das passiert, wenn man nervlich angespannt ist. Aber man könnte ja beim Uhrmacher anfragen oder gleich in der Schweiz. Christoph würde sich darum kümmern.

Kapitel 23

Mindestens ebenso abwesend wie Uhr und Beleg war Hanne. Ich hatte ihn seit Ewigkeiten nicht mehr zu Gesicht bekommen. Bei meinen selten gewordenen Besuchen im Ort traf ich ihn nirgendwo an. Er selber ließ sich nicht bei mir blicken. Gleichzeitig hatte ich Hemmungen, wie früher einfach in der Dienststelle vorbeizuschauen.

Was für ein Irrwitz. Unschuldig des Mordes bezichtigt, fürchtete ich, meinen ältesten und besten Freund mit meiner Anwesenheit in Misskredit zu bringen. Andererseits fand ich, dass mein ältester und bester Freund sich als solcher bei mir melden sollte, um in schweren Zeiten für Trost und Beistand zu sorgen, was ich dringend hätte gebrauchen können, wenn sich nicht plötzlich der charmante Kommissar aus Bremen in meinem Leben manifestiert hätte. Aber das wusste Hanne ja nicht. Und wenn Kommissar Brettschneider sich aus purer Sympathie für mich über juristische Verordnungen hinwegsetzen konnte, sollte das für unseren Wald- und Wiesenpolizisten doch wohl auch möglich sein.

Ich rief Hanne an. Er war nicht zu Hause. Einen Anrufbeantworter besaß er noch immer nicht. Sein vorsintflutliches Telefon mit Wählscheibe hatte natürlich kein Display. So war ich wenigstens sicher, dass er nicht daneben stand und nicht abhob, weil er meine Nummer erkannte. Plötzlich traute ich ihm das zu. Seine Handynummer hatte er mir nie gegeben. Wozu auch, wir sahen uns ja sowieso alle paar Tage. Hanne kam einfach vorbei, wenn ihm der Sinn danach stand, Albernheiten auszutauschen, die nur wir verstanden, zu plaudern oder Wein zu trinken. Im Allgemeinen bin ich weniger spontan mit unangekündigten Privatbesuchen, Mäuschen mal ausgenommen und Emmy als Nachbarin zählt nicht. Entsprechend seltener besuche ich ihn zu Hause – für Einladungen ist Hanne nicht so der Typ.

In meinem Schreibtisch fand ich eine der Gratispostkarten, die es überall in den Cafés gibt. Diese war Werbung für einen Optiker. Ich hatte sie bei meinem letzten Besuch in Hamburg irgendwo mitgenommen. Die Vorderseite zeigte bildfüllend eine exaltierte Damenbrille in Schmetterlingsform aus schillerndem rosa Pseudoperlmutt mit Strasssteinchen an den beiden geschwungenen Enden der Fassung. Die Überschrift lautete: „Ich will dich endlich …" Auf der Rückseite befanden sich drei Kästchen zum Ankreuzen:

() … sehen
() … durchschauen
() … fragen, ob du verguckt bist

Ich kreuzte alle Möglichkeiten an und schrieb darunter: „Wann kannst du?"

Hannes Standardantwort auf diese Frage lautete natürlich seit Jahren: „Ich kann immer." Sein blöder Jungshumor fehlte mir.

„Komm, Frido, wir fahren zu Onkel Hanne." Normalerweise wären wir das Stück gelaufen, aber im Augenblick fühlte ich mich im Schutze meines Wagens, so auffällig er auch war, doch wohler. Frido quittierte das Ausflugsangebot mit freudigem Gebell.

Ich ging zu Hannes immer offener Gartentür, deren Verriegelung schon vor Jahren durchgerostet war. Direkt daneben hatte er einen amerikanischen Briefkasten am morschen, moosbedeckten Jägerzaun installiert. Während ich die Karte einwarf und sorgfältig den roten Metallanzeiger für Posteingang ausklappte, schnüffelte Frido mäßig interessiert am wuchernden Unkraut.

Unter meiner Schuhspitze krachte es leicht. Ich bückte mich. Der Deckel der kleinen Pillendose aus goldfarbenem Metall war mit dem Emaillebildchen einer Madonna verziert. In der Mitte hatte es einen Sprung, der aussah, als wäre er dort schon länger. Also könnte man mir zumindest daran keine Schuld geben.

Die Dose enthielt vier längliche gelbliche Kapseln und drei runde weiße Tabletten mit einem Spalt zum Zerteilen in der Mitte. Nahm Hanne Medikamente? Und wenn ja, wogegen? Diese Dose war nicht gerade sein Stil, aber wer weiß. Vielleicht hatte sie seiner Mutter gehört und er benutzte sie nun, weil sie eben gerade da war, er eine brauchte und für so eine Kleinigkeit nicht unnötig Geld ausgeben wollte. Das passte.

Hanne war um diese Zeit im Dienst. Ich wusste nicht genau, was ich tun sollte. Die Dose einstecken und ihm geben, wenn ich ihn traf, oder zum Haus gehen und sie sichtbar auf der Fußmatte deponieren. Ich entschied mich für Einstecken. Deponieren schien mir doch irgendwie aufdringlich, wie „Ha, ich hab dich ertappt und weiß Bescheid“. Ganz gleich, ob ich nun herausgefunden hatte, dass er aus irgendeinem Grund Medikamente brauchte, oder ob die Dose ihm vielleicht doch nicht gehörte. Aber wer kam hier vorbei? Wenn ich sie ihm persönlich gab, würde ich das ganz beiläufig und locker tun. Als ob nichts wäre. Ich machte mir Sorgen. Meldete Hanne sich nicht, weil ihm ernsthaft etwas fehlte?

Kapitel 24

„Das hier würde einen Elefanten ruhigstellen.“ Christoph legte die Pillendose auf mein Knie und nahm im Fauteuil gegenüber Platz. Er hatte die Tabletten, meinen Fund bei Hannes Gartentür, im Labor analysieren lassen. Ich sank in den Samt seiner Chaiselongue.

„Das Zeug ist illegal?“ Mit zwei Fingern hob ich das Döschen von meinem Knie und stellte es auf dem Beistelltisch ab.

„Nicht so illegal wie unser Rendezvous. Man bekommt es in der Apotheke, aber nur mit Rezept. Tranquilizer.“

„Bereust du’s schon?“ Schon bekam ich wieder Angst. Ich könnte auch einfach Frido schnappen und ein für alle Mal verschwinden. Niemand wollte mich. Hanne nahm irgendwas und hatte wahrscheinlich aus Karrieregründen den Kontakt zu mir abgebrochen, Mäuschen hielt mich für einen Mörder und Herr Brettschneider war dabei, sich von mir zu trennen, noch bevor …

„Keine Sekunde. Du solltest dein Gesicht sehen.“ Er rutschte mitsamt des gewichtigen Fauteuils vor, bis seine Knie an meine stießen und der Teppich unter seinen und den Füßen des Sessels Wellen schlug. „Warum bist du bloß so misstrauisch? Du hättest der Polizist von uns beiden werden sollen."

„Ängstlich. Ich bin vertrauensarm aus Erfahrung. Nicht misstrauisch. Und Polizist konnte ich nicht werden. Das war Hanne schon. Einen Nebenbuhler um die Ortsautorität hätte er nie geduldet."

„Zu schade, dass wir uns nicht schon damals kannten." Er wedelte mit der Hand einen exaltierten Kringel in die Luft und setzte zu einem tuntigen Näseln an. „Du hättest so viel von mir lernen können. Zum Beispiel", der Kommisarsassistent kehrte zum Normaltonfall zurück, „wie ich es anstelle, dass Malo sich für den Mittelpunkt des Polizeisternenhimmels hält, während ich im Hintergrund alle Fäden in der Hand halte. Oder wie man zuverlässige Leute erkennt." Er kunstpausierte bedeutungsvoll. „Ich habe nur die Pillen ins Labor gegeben. Ohne Dose. Weil natürlich deine Fingerabdrücke drauf sind. Aber das stiftet ja nur unnötig Verwirrung. Allerdings wissen wir so auch nicht, ob Herr Harms der Besitzer ist. Geschweige denn, ob er das Zeug auch nimmt. Was ich allerdings nicht glaube. Ich habe ihn die Tage in der Dienstelle getroffen. Niemand könnte nüchterner sein."

„Verwechsle bloß nüchtern nicht mit dröge. Also Hanne ist dröge, trocken von Natur aus. Was aber mit Droge nichts zu …"

„Liebling." Christoph und ich waren beim Grimassen-Wettbewerb noch im Unentschieden. „Liebling, ick bün hier to Hus. Ick snack ook Platt."

„Weiß Malvoisier davon?"

„Selbstverständlich nicht. Meine bodenständige Natur verberge ich vor ihm. Solange er glaubt, ich hielte mich für zu kultiviert, um in Geräteschuppen Spuren zu sichern, kann ich wenigstens hin und wieder sauber ermitteln."

„Und Hanne ist also ordnungsgemäß im Dienst. Aber bei mir sieht er nicht nach dem Rechten."

„Du hast doch jetzt einen neuen Polizisten. Was willst du?"

„Meinst du, Hanne ist ein Karrierist? Meidet mich, weil er nicht mit dem Verdächtigen gesehen werden möchte?"

„Ich weiß es nicht. So würde ich ihn eigentlich nicht einschätzen, aber ich kenne ihn ja viel zu wenig."

Frido war eingetreten und setzte seine Antrittsbeschnupperung von Christophs Haus unter den Wellen des Teppichs fort.

„Es gefällt ihm hier." Der Hausherr tätschelte den Teppich, der sich jetzt über Fridos Rücken wölbte. „Bin ich froh, dass dein Sohn mich akzeptiert."

Ich warf Christoph eine Kusshand zu.

Kapitel 25

Fast fiel ich aus meinen hochglanzpolierten Budapester Schuhen, die ich schon besaß, bevor ich Herrn Brettschneider kennenlernte. Um gleich klarzustellen, dass ich nicht Christophs Look adaptierte. Paare im Partnerlook. Peinlicher Anblick. Hatte ich „Paar" gedacht? Um Gottes willen. Bloß sich nicht auf etwas freuen, das dann doch wieder auf ein Ich-bin-nicht-in-dich-Verliebt hinauslief. Oder doch nicht?

Es gab schließlich Überraschungen im Leben. Und wie. Wie erwähnt, warf es mich fast aus den Budapestern. Ich fand sie nicht mehr schön. Sie.

„Du?"

Ich stand ohne vorherige Ankündigung vor ihrer Tür. Sie riss die Augen auf.

„Ich."

Sie erkannte mich sofort. Also zeigten sich meine rasanten Entwicklungen noch nicht nach außen. In den letzten Wochen war ich gereift wie alter Käse, fand ich, ein klassischer französischer Rotschimmel, einer mit Charakter. Und kurz vor dem Zerfließen unter der Rinde, so wie ich bis eben. An meiner Neigung zu Feuchtigkeit oberhalb der

Oberlippe und unterhalb der Achsel, auf dem Rücken und – schweigen wir über den Rest – hatte sich nichts geändert. Selbstverständlich roch ich besser als ein fermentiertes Milchprodukt.

„Willst du reinkommen?"

Etwa reinkommen. Das war wohl gemeint, wollte man vom Tonfall auf die Intention schließen. Aber an meinem Deo lag's ja nicht. So was gibt Sicherheit.

„Darum bin ich hier."

„Gekommen, um meine Schwelle zu übertreten?"

Sie sprach verschiedene Sprachen hervorragend, auch Deutsch, und schon in London hatte ich ihren Sinn für Wortspiele bewundert.

Ich betrachtete den roten Sisal, der über den Marmorboden des Treppenhauses gespannt war.

„Ich wusste nicht, dass die so tief liegt."

Sie provozierte mich. Das war also auch geblieben.

Hamburg-Eppendorfer Klassizimus, was die weinbewachsene Fassade und das Treppenhaus anbetraf. Das Innere der riesigen Altbauetage war mit einem Faible für die Eleganz der Siebziger eingerichtet. Der ihr angetraute Mr. Pineda Hernandez hatte Stella vermutlich völlig freie Hand gelassen. Wir sprechen hier natürlich nicht über den Nostalgie-Look mit Tiffany-Lampen, Farnen in Jugendstil-Porzellantöpfen auf gedrechselten Blumensäulen und alten Schaufensterpuppen in gerupften Fuchsmänteln aus den Vierzigern als Blickfang. Also den Spät-Hippie-Chic, der in den Siebzigern in dieser Gegend etabliert wurde. Von Künstlern. Und Menschen, die überall dabei sind, wo es hip ist. Wir sprechen über Romy Schneider in Paris.

Ich erinnerte mich an den Bildband. Romy splitternackt auf grafischem Teppichmuster, Podeste zum Räkeln – ebenfalls mit Teppich bezogen – und darauf und drumherum alles, was das beträchtliche Vermögen der Bewohner eindrucksvoll zum Ausdruck brachte. Ohne dass man sich als bourgeois und hinter der Zeit zurückgeblieben präsentieren musste. Abstrakte Kunst, antike Möbel. Wie zufällig komplettiert durch zeitgenössische Teile, z.B. Stehlampen aus Chrom oder einen Glas-Esstisch mit verchromtem Fuß. Der unfehlbare Mix für die Aura von Intellekt und Weltgewandtheit, und heute noch dazu mit einem Augenzwinkern: Natürlich wissen wir, dass es geschmacklich bedenklich ist, aber gerade das ist ja der Witz. Ein Statement von subtilem Humor. Herrlich retro.

Zurück zu Stella alias Mrs. Daniel Pineda Hernandez, die sich mitnichten räkelte und schon gar nicht nackt. Zumindest jetzt nicht – der Gatte würde doch hoffentlich noch immer in den Genuss kommen. Sogleich sah ich die beiden wieder vor meinem inneren Auge, so, wie ich sie damals in London überrascht hatte. Nur jetzt in einem anderen Schlafgemach. Trieben sie den Retrohumor so weit, einen goldgefassten Spiegel an der Decke über dem Bett zu haben, das von purpurnen Vorhängen umgeben war und zwischen Wänden mit Textiltapete stand? Tapete mit tiefroten, haptischen Jacquard-Emblemen auf altrosa Grund? Irgendwo versteckt eine diskrete Kamera, die die Momente ihrer ekstatischen Liebe für immer festhielt, denn schließlich war ja auch ihre Liebe für immer, nicht wahr, und man muss …

„… Whisky trinken?"

„Was?" Meine Gedanken befanden sich noch im Schlafzimmer.

„Ich werde einen Whisky trinken. Willst du auch einen?" Sie besann sich wohl darauf, dass makellose Gastgeberqualitäten dieser Umgebung angemessen waren. „Es gibt auch was anderes."

„Dann nehme ich das." Drei Uhr nachmittags. Früher hatte sie maskuline Drinks nicht vor Mitternacht angerührt. Wenn überhaupt. Hatte Pineda Hernandez einen schlechten Einfluss?

„Hatte ich vergessen. Harte Sachen sind nichts für dich. Likör?"

„Ist das alles andere?"

„Du kannst haben, was du willst, solange ich dafür nicht in die Küche muss."

„Eventuell in den Wintergarten? Du könntest mir ein Schlückchen Weißen keltern, aus alter Freundschaft. Aber vielleicht wächst hier nur Scheurebe."

„Brennnessel. Ich baue Nesseln an. Für Gäste, die sich wahnsinnig gerne in diese setzen möchten."

„Also wenn der Chardonnay im Kühlschrank steht – ich bin gern beim Öffnen der Tür behilflich."

„Danke. Kühlschranktür und Korkenzieher kann ich selbst."

„Die perfekte Hausfrau."

„Hättest du wohl auch gern gehabt." Ihr angespannter Gesichtsausdruck entschwand mit dem von mir einstmals so bewunderten Rest hinter der großzügigen Schiebetür, die den Salon vom Entree trennte und aussah, als besäße sie noch die originalen geschliffenen Scheiben von 1900.

Ich nahm auf einem der Sessel Platz, die das teppichbezogene Podest flankierten, und ging in mich. Also was war passiert mit ihr oder meinem Schönheitssinn? Sie war perfekt. Nicht mehr die kulleräugige Nymphe von damals, wir alle waren ja nun nicht mehr die Jüngsten, aber sie war perfekt. Die Haare – noch immer schwarz und ein äußerst aparter Kontrast zu den blauen Augen und der blassen Haut – hatte sie nicht wie früher offen, sondern zu einem Chignon geschlungen. Sehr chic. Falten konnte ich nicht ausmachen, nur Müdigkeit mit etwas Dunkel um die Augen und entlang der kaum erkennbaren Mimiklinie zwischen Nasenflügel und Mundwinkeln.

Ihren Stil hatte sie geändert. Der wilde Second-Hand-Look, wahnwitzige Kombinationen, die an ihr, und definitiv nur an ihr, fantastisch aussahen, war durch feminine Eleganz ersetzt worden. Kein bisschen langweilig, nicht an ihr. Teurer mit Sicherheit. Sie trug einen dunkelbraunen, kniebedeckenden Wollrock mit hoher Taille, dazu braune Schnürschuhe mit halbhohem Blockabsatz und, in den Rock gesteckt, einen zart lachsfarbenen kurzärmeligen Pulli. Ignoranten würden es trutschig nennen, aber diese Leute kannten eben Stella nicht. An ihr war es erotisch, richtig sexy. Ganz besonders ihre hellhäutigen, schönen Beine mit den schmalen Fesseln, die von den „festen Schuhen" – so nannte meine Mutter diese Art Fußbekleidung – noch betont wurden. Also woran lag es?

Ich war noch unentschieden, ob es etwas in ihrer Ausstrahlung war oder daher kam, dass sich mein Interesse endlich auf ein neues geliebtes Wesen richtete, als sie nach einer Ewigkeit mit einem Tablett erschien. Wortlos stellte sie einen großen Weinkelch aus farbigem Murano-Glas auf dem Tisch neben mir ab und schenkte ihn fast randvoll. Das gefüllte Whiskyglas, das sie ebenfalls mitgebracht hatte, enthielt kein Eis. Entweder war es bereits geschmolzen oder sie trank ihn pur.

Sie trank ihn pur. Mit ein paar Zügen hatte sie das Glas geleert und schenkte sich schweigend an dem doppelstöckigen Tisch aus Chrom und Glas, der Drinks und Gläser griffbereit hielt, einen ebenfalls doppelstöckigen zweiten ein. Mit dem Glas in der Hand setzte sie sich auf den Teppich der höchsten Podeststufe. Sie sah zu mir herab.

„Du wolltest Wein. Aber da du vermutlich alle relevanten Händler kennst, ist das wohl nicht der Grund deines Besuchs.“ Mit ihrer veränderten Ausstrahlung meinte ich nicht ihren wenig freundlichen Ton. Schnippisch war sie immer schon. Etwas anderes stimmte nicht. Doch ich hätte nicht sagen können, was es war.

„Ich bin untröstlich, dir keinen meiner edlen Tropfen mitgebracht zu haben. Es liegt einzig und allein an der Spontaneität meines Besuches. Nächstes Mal.“

Sie verdrehte die Augen.

„Spontan und du. Meine Definition von Unvereinbarkeit.“

„Ich und du. Meine Definition von Unvereinbarkeit.“ Natürlich musste das noch mal gesagt sein. Ich war ein solcher Trottel.

„Es heißt ‚du und ich‘. Der Höflichkeit halber nennt man den anderen zuerst.“

„Nun hatten wir die Phase der Höflichkeit, glaube ich, schon vor Jahren abgeschlossen. Aber du hast natürlich vollkommen recht, ich bin nicht zum Trinken gekommen, sondern zum Reden. Keine Angst. Nicht über uns.“

Stella verzog den Mund zu einem ironischen Sekunden-Lächeln.

„Ich wollte nur wissen, woher du Herrn Marco Beyer kennst.“

„Gar nicht.“

„Also hat er dich von Weitem angeschmachtet. Er hatte ein Foto von dir in der Jackentasche.“

„Häng mir jetzt nichts an, wofür du beschuldigt wirst.“

„Also du weißt von der Sache? Ist der Fall bis ins *Hamburger Abendblatt* vorgedrungen? Aber, pardon, du liest wahrscheinlich keine Lokalblätter. Also schreibt sogar die internationale Presse über mich."

„Wenn du bloß nicht so größenwahnsinnig wärst. Ich dachte, das Problem hätten nur kleine Männer."

„So wie Herr Beyer mit seinen läppischen ein Meter sechsundsiebzig?"

„Was weiß ich, wie groß der war. Ich rechne in Inches."

„Will sagen, du kanntest ihn doch."

„Ich kannte ihn nicht. Er war Makler, wie dir wohl zu Ohren gekommen ist, und ich habe ihn wegen einer Wohnung kontaktiert. Er konnte mir nichts Interessantes zeigen."

„Dann hast du ihm vielleicht was Interessantes gezeigt?" Ich Blödmann konnte mir ein süffisantes Lächeln nicht verkneifen. Wie idiotisch von mir. Wenn ich nur nicht immer noch so verletzt gewesen wäre – ich konnte, auch wenn ich sie inzwischen nicht mehr zurück hätte haben wollen, partout nicht normal reagieren. Sie knallte ihr Glas auf das antike Tischchen, das der Attacke solide standhielt, um es sofort wieder zur Hand zu nehmen und am doppelstöckigen Tisch neu zu befüllen.

„Ich hatte schon mit dir zu tun, Schatzi. Mein Bedarf an Flaschen ist gedeckt."

Ausgenommen die mit dem Whisky. Konnte ich mir im letzten Moment zu sagen verkneifen. Ich selbst nahm einen Schluck von dem exzellenten Weißwein und atmete durch.

„Stella. Entschuldige. Ich will doch nur wissen, weshalb der Mann dein Foto in der Tasche hatte."

Sie sah kreuzunglücklich aus. Jahre meines Lebens hätte ich in wilder Rachsucht meine gesamte Habe dafür verpfänden können, sie in einer solchen Verfassung zu sehen.

Jetzt tat sie mir so leid, dass ich sie am liebsten in die Arme genommen hätte. Was soll's. Ich tat es einfach.

„Geht es dir gut?"

Noch bevor sie antworten konnte, betrat, gewandt, elegant, in der umwerfenden Inszenierung seines Anzuges, Pineda Hernandez den Salon. Wer hätte gedacht, dass mein Langweilerdasein zu einem Hitchcock-Film geraten würde. Damals dachte ich das natürlich nicht. Ich war zu Tode erschrocken über die klirrende Kälte des als untadelige Höflichkeit getarnten Lächelns von Daniel.

„Good afternoon, guten Tag alle zusammen."

„Guten Tag." Ich ließ seine Frau los und ging einen Schritt zur Seite. Natürlich war er kühl. Ich verstand ihn bestens. Auch ich war in dieser Situation gewesen. Stella in den Armen eines anderen Mannes. Das schmerzt. In seinem Fall natürlich nur fünf Sekunden, denn ich war ja kein Mann, sondern bloß ein alter Freund. Wenn überhaupt.

„Friedrich just wanted to leave, Darling." Auch Stella war sichtlich erschrocken. Diesmal war offenbar Pineda Hernandez derjenige, der überraschend früher von der Arbeit zurückkam. Wie sich die Zeiten ändern. Doch im Gegensatz zu mir damals war Daniel nicht paralysiert und machte keine Anstalten, die Wohnung zu verlassen. Er machte mir Angst. Seine dunklen Glutaugen durchbohrten mich, sein Teint schien sekündlich an Farbe zu verlieren. Das attraktive, hervorragend geschnittene Gesicht hatte plötzlich etwas Krankes, um nicht zu sagen, er sah fast irr aus. Ich meinte, einen leichten Schweißgeruch wahrzunehmen. Von mir kam der aber nicht.

„Aber Stella, my love, es ist so unhöflich, vor Leuten von hier Englisch zu reden. Wir sprechen natürlich in seiner Sprache."

„Oh, kein Problem, wirklich. Ich mache mich sowieso gerade auf den Weg, ich wollte nicht lange stören. Stella, Sir." Ich nickte beiden kurz zu und schnappte meinen Mantel, den ich über eine Sessellehne gelegt hatte. „Einen guten Abend noch."

„Oh no, Friedrich, wir trinken ein Glas zusammen. Es ist noch viel zu früh zum Gehen. Oder zu spät, je nachdem." Er war zu mir getreten, hatte beide Hände um meine Oberarme gelegt und ich roch jetzt deutlich eine Melange aus Schweiß und luxuriösem Aftershave. Nie wäre mir in den Sinn gekommen, dass auch Pineda Hernandez schwitzen könnte. Ich erwartete, dass ein Mann von dermaßen erhabener Optik gar nicht über eine so profane Körperfunktion verfügte.

„Vielen Dank, sehr nett von Ihnen, aber ich muss noch ganz zurück aufs Land, in die Provinz." Ich versuchte entspannt und völlig normal zu klingen. Was nicht einfach war, mit Daniels wahnhaft lächelndem Gesicht fast direkt vor meinem. Wir waren auf Augenhöhe, zumindest was die Körperlänge anbetraf.

„Ganz zurück. In die Provinz! Aber my dear friend, da sind wir doch bereits. Oder wollen Sie das little village hier etwa Weltstadt nennen? Würde nicht meine Gattin mir immer wieder Überraschungen bieten, wäre ich bereits bored to death." Wie konnten Glutaugen gleichzeitig eisig sein? Mir gefror das Blut fast in den Adern unter Daniels Blick, insbesondere als er „death" sagte, und ich wollte schnellstmöglich aus den Klauen dieses Mannes heraus. Er verstärkte den Druck seiner Hände um meine Arme.

„Wir trinken zusammen. Mein Business zwingt mich, hier zu leben. Dann muss man den Aufenthalt wenigstens so angenehm wie möglich gestalten, nicht? Und dann können

Sie ganz zurück. Im Ganzen, good ol' fellow, das verspreche ich."

Er löste eine Hand von meinem Arm und zwickte mich mit Daumen und Zeigefinger in die Wange wie einen Fünfjährigen. Mit der anderen zog er mich zu einem der Sessel und drückte mich, als ich direkt vor der Sitzfläche stand, hinein, die Hände jetzt auf meinen Schultern. Ich wagte nicht, Widerstand zu leisten, so beklommen war ich. Was hatte er? Doch auf keinen Fall einen Grund, mir übel gesonnen zu sein. Abgesehen von der kurzen Umarmung seiner Frau, aber das war ja nun wirklich lächerlich. Im Gegensatz zu seinen Aktivitäten in meinem Schlafzimmer einstmals. Ich müsste wütend sein, aber ich fürchtete mich nur. Stella hatte Recht, ich war eine Flasche.

„Darling, bitte. Friedrich möchte jetzt wirklich gehen. Er hat keine Zeit." Stella schien sich mindestens genauso vor ihrem Mann zu fürchten wie ich. Und bei mir saß sie seelenruhig auf dem Sofa, nachdem ich sie in flagranti ertappt hatte. Jetzt war sie mit ängstlichem Gesicht näher gekommen und griff zaghaft nach Daniels Ellenbogen. Daniel stand vor meinem Sessel, zu mir heruntergebeugt, und stützte sich mit den Händen auf den Lehnen ab. Er richtete sich auf und schob sie zur Seite.

„Keine Zeit. Wieso? Er weiß doch gar nicht, wie spät es ist. Er trägt ja nicht einmal eine Uhr." Daniel griff mein linkes Handgelenk und hielt es hoch. „Sieh nur, my love", er schob die Manschette meines Hemdes hoch, „er muss sie verloren haben. Oder verschenkt. Hast du eine Idee, my sweet honeypie?"

Mein Herz hämmerte wie verrückt. Es gab eine Verbindung. Stella, die Leiche, meine Uhr. Oder drehte ich völlig durch, war ich schon gaga vor Panik? Vielleicht hatte er gesehen, dass ich keine Uhr trug, als ich meinen Arm um Stella geschlungen hatte.

„Daniel." Stellas Stimme zitterte.

„Yes, honey, ich höre. Warum trägt dieser well dressed guy keine Uhr?" Daniel umkrallte jetzt meine Finger und schlenkerte meine Hand hin und her. Der Rest von mir saß im Sessel wie eingefroren.

„Daniel. Lass ihn in Ruhe. Er ist nur ein Freund von früher. Er wollte gerade gehen."

„Aber nein, wir lassen doch unseren Freund von früher nicht ohne Drink nach Hause."

„Wir haben doch schon. Schon was getrunken." Tränen liefen ihr über das Gesicht.

„Ah, how nice. Ihr habt also schon, ihr beide. Na, du ja sowieso." Er ließ meine Hand auf die Sessellehne fallen, machte einen Schritt auf Stella zu, griff in ihren Nacken und zog sie zu sich heran. „Deshalb bekommst du auch nichts mehr heute. Die Gentlemen unterhalten sich allein." Blitzschnell hatte er sie gepackt und lief mit ihr zur Tür.

Sie schrie auf. „Daniel!"

Ein weiterer Schrei von Stella riss mich aus meiner Angstlähmung. Ich raste den beiden hinterher, hörte Poltern und das Zuschlagen einer Tür im hinteren Teil der Wohnung. Ich sah Daniel aus dem Augenwinkel. In der nächsten Sekunde fühlte ich einen wahnsinnigen Schmerz am Hinterkopf.

Als ich wieder zu Bewusstsein kam, lag ich in einem französischen Bett mit gepolstertem Kopfteil, das mit cremefarbenem Stoff bezogen war. Das ganze Schlafzimmer war cremefarben bis auf exakt platzierte farbige Akzente – zwei Stühle aus Plexiglas, einer knallrot, einer pink, ein Marilyn-

Monroe-Porträt von Andy Warhol, ein fuchsiafarbener Läufer. Die Tagesdecke des Bettes war zurückgeschlagen, neben mir lag Daniel. Ich sprang panisch auf und sank sofort wieder aufs Bett. Mir war grauenhaft schwindelig.

„Friedrich. No. Bleiben Sie liegen. Please.“ Er legte von hinten seine Hand an meinen Rücken. „Ich muss mich entschuldigen. I am so sorry. Ich habe vollkommen überreagiert. Das war absolut unmöglich. Aber als ich Sie vorhin mit Stella sah, glaubte ich ... Nun ja, Sie hielten meine Frau im Arm, da musste ich natürlich denken, dass ...“

„Natürlich. In der Situation war ich auch mal. Nur, dass ich gar nicht denken musste. Die Lage war klar.“

„Sie müssen mich hassen.“

„Ich wollte sie heiraten.“

„Oh, ich bin geschmeichelt. Aber leider bevorzuge ich Frauen.“

„Stella. Ich wollte sie heiraten. Warum waren Sie damals nicht eifersüchtig auf mich?“ Ich hatte mich hingelegt. Der Schwindel ließ langsam nach. Konnte ich Daniel glauben? Was war mit meiner Uhr, was hatte er mit dem Mord zu tun? Vielleicht gar nichts. Er hatte nur mein nacktes Handgelenk gesehen. Die Manschette wird sich hochgeschoben haben, als ich Stella im Arm hielt. Er war jetzt eifersüchtig auf mich. Das schmeichelte mir. Ich war also doch jemand, den man ernst nehmen musste als Nebenbuhler. Und mit einem Schlag auf den Hinterkopf außer Gefecht setzen. Ich hatte mich verändert, war nicht mehr derselbe wie damals in London.

„Friedrich, damals hielt ich mich für unwiderstehlich. Für meilenweit überlegen einem, sorry, Provinzler. But things have changed. Ich musste Rückschläge einstecken, musste hierherziehen, selber zum Provinzler werden.“

Auch er war nicht mehr derselbe. Wie schön. Bestimmt hatte er früher auch nicht geschwitzt.

„Warum haben Sie Stella nach meiner Uhr gefragt?“ Ich glaubte ihm, wollte ihm glauben, eine solche Aussage war doch Balsam für meine Seele. Aber nach der Uhr musste ich doch fragen.

„Ein dumme alte Geschichte. Jemand, a man, hatte ihr mal seine geschenkt. Zur, well, Erinnerung … Long time ago. Als ich sah, dass Sie keine Uhr trugen … Ich habe kurz geglaubt, Sie hätten vielleicht auch Ihre Uhr an sie … How stupid. Noch einmal Verzeihung. Für alles.“ Ein Flashback, ich kannte das.

„Wo ist Stella?“

„Bei ihrem Psychiater. Sie hat eine Sitzung. Geplant, nicht wegen meines Verhaltens heute. Ich habe mich auch bei ihr entschuldigt, sie hat mir verziehen.“

„Ist das ihr gemeinsames Schlafzimmer?“

„Yes, warum?“

„Hatte ich mir ganz anders vorgestellt.“

„Auf die Vorstellungen. Especially auf die, bei denen wir uns irren.“ Daniel verzog den Mund. „Jetzt trinken wir. Zur Versöhnung. Hier“, er reichte mir ein Glas, „Brandy. Danach sind Sie like a new person.“

Kapitel 26

Die Lage war seltsam. An sich ja nichts Neues. Jetzt nur mehr wortwörtlich. Ich öffnete die Augen und sah schwarz. Eine undurchdringbare Schwärze. Mir war speiübel. Jeder Quadratmillimeter meines Körpers tat mir weh, aber der Kopf schien geradezu zu explodieren. Wo war ich?

Ich versuchte Beine und Arme zu bewegen, was kaum gelang; ich schien keine wirkliche Kontrolle über meine Gliedmaßen zu haben. Panik stieg in mir auf. Was war das? Ich versuchte es wieder. Mit äußerster Anstrengung gelang es mir, meine Hand ein paar Zentimeter zu bewegen. Unter meinen Fingern spürte ich ein glattes, kühles Material. Ich rang nach Luft, was schwer war, und meine Augenlider senkten sich wieder bleiern nach unten. Mein Kopf rutschte Richtung Schulter, ich dämmerte weg. Todmüde.

Irgendwann erwachte ich ein zweites Mal. Ich spürte den Grund, auf dem ich lag. Hart, kühl und metallen. Er hatte eine Mulde in der Mitte, in die ich in Embryo-Haltung hineingesunken war. Was war passiert? Erinnerungsfetzen setzten sich in meinem Hirn zusammen und verschwammen wieder. Ich hatte getrunken. Mit Daniel. In Stellas und seinem Schlafzimmer. Wie viel hatte ich getrunken? Ich wusste es nicht. Ich wusste nicht, was danach passiert war. Filmriss. Neue Panik. Was hatte ich gemacht?

In einem wahnsinnigen Kraftakt gelang es mir diesmal, meine Arme zu heben. Aber sie sanken sofort zurück. Wieder fühlte ich das Material unter unter mir. Metall. Eine Mulde. Das war … das war eine … Ich lag in einer Schubkarre! Ich verlor das Bewusstsein.

Kapitel 27

Als ich die Augen öffnete, blickte ich direkt in Christophs.

„Haben wir dich also doch noch wach bekommen. Du hast mir vielleicht einen Schreck eingejagt.“ Er hielt meine Hand. In meinem Arm war die Kanüle für einen Tropf installiert.

„Was ist denn passiert?“ Ich fühlte mich wie benebelt, mir war immer noch grauenhaft schlecht, aber zumindest konnte ich sehen. Ich lag in einem Krankenhauszimmer.

„Du hast getrunken. In unguter Gesellschaft, wenn ich das mal so sagen darf.“

„Mit Daniel.“ Ich erinnerte mich wieder vage. „Im Schlafzimmer.“

„Im Schlafzimmer. Das wird ja immer besser. Denk nicht, dass ich dich noch mal alleine irgendwo hinfahren lasse.“

„Ich wollte nur wissen, warum jemand, den ich früher kannte …“

„Jemand, die du früher kanntest, mein Lieber. Aber nun gut, da waren wir uns ja noch nicht begegnet. Oder, um gerecht zu sein, ohne sie wären wir uns möglicherweise gar nicht begegnet. Ich sehe also über deine vergangenen

Damenbekanntschaften hinweg, aber natürlich erwarte ich, dass so etwas nicht wieder vorkommt." Christoph hob die Augenbraue.

„Ich habe noch eine", sagte ich kleinlaut.

„Ich ahne, wer sie ist. Mit der Intuition eines Ermittlers, der sein Handwerk versteht. Deshalb habe ich auch von Stella erfahren, obwohl du sie mir so schnöde verschwiegen hast. Was genau genommen Behinderung der polizeilichen Untersuchung ist. Haben Sie dazu etwas zu sagen, Herr Webeken?"

„Ich konnte dir nicht von ihr erzählen, bevor ich selber etwas über sie herausgefunden hatte. Sonst hättest du doch auch geglaubt, dass ich was mit der Sache zu tun habe. Das wollte ich nicht. Außerdem war das privat."

„Privat. Also etwas ganz anderes als unsere Beziehung …"

„Gerade was Beziehungen angeht, gehört Stella nicht zu meinen schönsten Erinnerungen."

„Und das bei ihrem Aussehen. Also eine schöne Frau ist sie. Das muss ich wirklich zugeben."

„Du kennst das Bild?"

„Sowohl das Abbild als auch das Original. Dank meines Einfühlungsvermögens", Christoph beugte sich herunter und hauchte mir einen Kuss auf die Hand, „konnte ich ein Vertrauensverhältnis zu Kerstin Beyer aufbauen. Die mir dann berichtete, du hättest den Kontakt zu ihr gesucht und hättest das Foto von Stella gesehen, als du bei ihr zu Besuch warst."

„Denkst du jetzt auch, dass ich bin pervers bin?"

„Weil du Kontakt zu Frauen suchst? Nein, ich denke, du wolltest sie kennenlernen, weil du dich irgendwie verantwortlich fühltest wegen der Leine und um zu zeigen, dass du nicht der Täter bist. Bist du ja auch nicht."

„Daniel?"

„Christoph, Liebster." Er kräuselte blasiert die Lippen. „Ich heiße Christoph. Und jetzt eins nach dem anderen. Also, ich wusste durch Kerstin Beyer von Stella. Sie hatte auch den Nachnamen behalten. Und ich hatte herausgefunden, dass sie geheiratet hat und jetzt Pineda Hernandez heißt. Einfach im Internet. In den E-Mails von Marco Beyer fand ich ihren Namen auch und ebenso in seinem Handy. Ich rief die Nummer an, aber der Anschluss war abgeschaltet. Wenig später, gestern Abend, kam dann eine Nachricht von der Kripo Hamburg."

„Gestern. War das, als ich in Hamburg war?" Mein Zeitgefühl war so ausgeschaltet wie ich.

„Das war vermutlich, als du von Pineda Hernandez in Lütjens Schuppen deponiert wurdest, nachdem er dir in Verbindung mit Alkohol eine monströse Dosis Rohypnol verabreicht hatte und offenbar glaubte, dich damit ins Jenseits befördert zu haben. Was ihm auch beinahe gelungen wäre. Obwohl man eigentlich nicht stirbt an dem Zeug. Aber du hattest einen Alkoholpegel, der alleine schon lebensgefährlich war."

„Wir hatten Brandy." Jetzt fiel es mir wieder ein. „Der war gut. Eigentlich mag ich keinen, aber der war gut. Da kann nichts dringewesen sein."

„Das Zeug ist geschmacksneutral, wenn man dafür illegale Bezugsquellen hat oder es irgendwo noch als Medikament in der ursprünglichen Zusammensetzung auftreibt. Normalerweise wird es nur noch mit deutlichem Eigengeschmack und erkennbarer Farbe verkauft."

„Dann muss er wohl gute Händler haben."

„Jedenfalls mussten wir dir den Magen auspumpen lassen. Nachdem wir dich gerade noch rechtzeitig gefunden haben. Hatte ich eine Angst um dich."

Er hatte Angst um mich gehabt. Wie schön.

„Wir hatten ein Männergespräch. Da musste ich was trinken."

„Aha. Männergespräche führst du dann in Zukunft mit mir. Schon damit ich nicht wieder von einer deiner Verflossenen aufgescheucht werde und dich bei Nacht und Nebel aus einer Schubkarre zerren lassen muss. Ich habe keine Lust, Witwer zu werden, noch bevor ich alle deine privaten Seiten kenne. Auch die, die dir nicht gefallen."

Die Hamburger Polizei hatte der Bremer Mordkommission gemeldet, dass es eine Spur zum Täter im „Schubkarrenmord" gäbe. Stella war nämlich nicht beim Psychiater gewesen, wie Daniel mir einzureden versucht hatte, sondern in einer Hamburger Polizeidienststelle. Was er nicht wissen konnte. Er wähnte sie im Gästezimmer, wo er sie zuvor eingesperrt hatte. Während Daniel meinen betäubten Körper im Wagen aus dem provinziellen Hamburg ins tiefe Niedersachsen kutschierte, um ihn dann in Lütjens Schuppen in der Schubkarre abzulegen, war Stella aus dem Fenster geklettert.

Glücklicherweise befand sich die Wohnung in der Beletage und die Weinranken an der bewachsenen Fassade machten den Ausstieg leichter. Stella bezichtigte ihren Mann des Mordes an Marco Beyer und sagte aus, dass der bisherige Hauptverdächtige, Friedrich Webeken, sich in seiner Gewalt befände. Sie befand sich noch auf dem Revier und war vollkommen aufgelöst, als der Polizist aus Hamburg Malvoisier in Bremen am Apparat hatte. Die Vernetzung zwischen den beiden Bundesländern klappte gut, man wusste, an wen man sich in dem Mordfall zu wenden hatte.

„Schön, schön. Nun soll also der Täter bedroht sein, sagen Sie. Durch den Ehemann. Aha." Malvoisier war natürlich informiert über die Sache mit Stellas Foto in Marcos Jackentasche und darüber, dass es eine frühere Verbindung von Stella zu mir gab. Christoph war trotz aller Liebe zu mir ein gewissenhafter Kommissar. Und da ich Mäuschen gegenüber sofort zugegeben hatte, dass ich Stella kannte, wertete er das ohnehin als Indiz für meine Unschuld. Malvoisier teilte seine Ansicht nicht. Für ihn war ich Stella als Freund von früher zu Hilfe gekommen, um ihren Geliebten, den Immobilienmakler Marco Beyer, abzuservieren. Möglichst für immer, so dass ich ihn sogleich per Hundeleine in die Ewigkeit befördert hätte.

Mit dem Geliebten lag er allerdings richtig. Stella hatte tatsächlich etwas mit Marco gehabt. Und nicht nur mit ihm, wie sich später herausstellte. Nur, dass der andere Liebhaber den eifersüchtigen Augen Daniels entgangen war. Ein Glück. Obwohl ich selbst den heftigen Impuls verspüren sollte, dem großen Unbekannten an die Gurgel zu gehen deswegen.

„Und dann kam der große Showdown." Christistoph berichtete weiter. „Malo beschloss auf der Stelle, nach Hamburg zu fahren, um eigens Stella zu vernehmen und ihre Glaubwürdigkeit zu überprüfen. Zu ihrer Wohnung wurden Beamte geschickt. Ich bin fast gestorben vor Sorge um dich, als ich erfuhr, dass weder du noch Daniel dort wart, und habe Hanne angerufen. Er fuhr sofort zu dir nach Hause, aber niemand reagierte auf das Klingeln. Außer Frido, der im Haus bellte. Diesmal war überall abgeschlossen, weshalb Hanne sich gezwungen sah, das Glas einer der Türen zum Garten einzuschlagen, um reinzukommen und nachzusehen, was los ist."

„Hanne schlägt die Tür ein?"

„Keine Angst. Wir haben schon einen Glaser beauftragt. Bis du nach Hause darfst, ist alles wieder in Ordnung."

„Hanne hat Schlüssel für das Haus. Und für die Garage."

„Hatte. Er hatte die Schlüssel."

„Sie sind weg?"

„Inzwischen wieder da und bestens bewacht von deinen Freunden und Helfern auf dem Revier."

„Hanne ist auch mein Freund."

„Definitiv. Wobei ich befürchte, dass er denkt, du möchtest nicht mehr seiner sein."

„Weil er die Schlüssel verloren hat?"

„Da gibt es noch einen anderen Grund. Den wird er dir aber selbst sagen."

„Ich versteh gar nichts mehr."

„Dabei wird gerade dein Verständnis gefragt sein. Hanne ist nämlich wirklich in Ordnung. Ohne ihn wärst du gar nicht mehr unter uns." Er streichelte meinen Arm. „Während ich noch mit all meiner Überredungskunst Malvoisier – der das völlig übertrieben fand – dazu bringen musste, in Hamburg und Umgebung eine Suchaktion nach dir und Daniel starten zu lassen, hat Hanne sich Frido geschnappt, um dich vielleicht hier irgendwo aufzuspüren. Die Spur war kurz, glücklicherweise. Frido ist zu Lütjens gelaufen und vor dem Schuppen in Wahnsinnsgebell ausgebrochen. Hanne hat nicht lange überlegt und auch diese Tür gewaltsam geöffnet. Seine und Fridos Lärmbelästigungen riefen natürlich die Familie Lütjen auf den Plan, die wiederum die Polizei benachrichtigte. Daniel war anscheinend leiser und vorsichtiger gewesen. Von ihm hatten sie nichts mitbekommen. Aber er wird ja auch nicht allzu schwer geächzt haben beim Transport eines Leichtgewichts wie dir."

„Du findest, dass ich kein Gewicht habe?“

„Ich empfinde die schwerste Verliebtheit meines Lebens für dich, mein Bester. Doch dazu später.“

Ich schmolz dahin.

„Jedenfalls ging der Polizeialarm via Rufumleitung auf Hannes Diensthandy ein. Im Schuppen, wo er dich eben regungslos in der Schubkarre vorfand. Peter, der ziemlich verwirrt war, den diensthabenden Beamten dermaßen schnell am Einsatzort anzutreffen, wurde angewiesen, sofort einen Notarztwagen zu rufen. Nur weil das alles so schnell ging, konntest du gerettet werden.“

Es klopfte an der Zimmertür, die ohne Antwort abzuwarten, sofort geöffnet wurde.

„Oh.“ In Malvoisiers Hand knisterte eine extragroße Salmiakpastillentüte. Er blickte irritiert. „Brettschneider. Warum befragen Sie das Opfer? Ich habe den Fall doch geklärt.“

„Letzte Informationen. Für die akkurate Aktenführung. Sie wissen, wie wichtig mir das ist.“

„Brettschneider“, Malvoisier seufzte, „Brettschneider, die Arbeit des Mordkommissars findet im Leben statt, draußen nämlich. Nicht in den Akten. Da können Sie sich noch einiges von mir abgucken. Also, Herr Webeken, ich habe den Täter gestellt. Er wurde unweit seiner Wohnung von den Hamburger Kollegen aufgegriffen, die auf meine Anweisung eine Suchaktion gestartet hatten. Ich habe ihn vernommen, er ist geständig und bereits in Arrest.“

„Hinter Gittern?“ Daniel im Gefängnis. Unvorstellbar.

„Hinter Gittern. Genau. Sein Anwalt will auf Unzurechnungsfähigkeit plädieren. Krankhafte Eifersucht. Schamlos betrogen von der Ehefrau, da brennt die Sicherung des leidenschaftlichen Lateinamerikaners durch.“ Malvoisier machte eine ausladende Handbewegung und ließ beinahe die Salmis fallen.

„Er ist US-Amerikaner."

„Trotzdem hat er Marco Beyer ermordet und dann um ein Haar Sie. Den er fälschlicherweise für den zweiten Liebhaber seiner Frau hielt. Der wahre zweite Liebhaber hat auch inzwischen ausgesagt." Er runzelte die Stirn. „Darauf hätte selbst ich nicht kommen können. Wie dem auch sei, Pineda Hernandez hatte Sie im Visier. Er hatte Ihre Uhr und einen Schlüsselbund mit Ihrem Namen in der Handtasche seiner Frau gefunden, die er kontrollierte. Nachdem er bereits von Marco Beyer wusste, den er immer wieder in der Nähe seiner Frau antraf. Pineda beschloss, Beyer einen Denkzettel zu verpassen. Er kannte den Wohnort von seiner Visitenkarte, Beyer hatte sein Bremer Büro aufgegeben, agierte seit dem Umzug von seiner neuen Adresse aus und hinterließ seine Karten offenbar stapelweise überall, um auch bloß kein Geschäft zu verpassen. Das hatte auch Frau Beyer so beschrieben. Natürlich ahnte sie nichts von seiner außergeschäftlichen Beziehung. Arme Frau. Jedenfalls lauerte Pineda Herrn Beyer auf, verfolgte ihn im Wagen bis zu Ihrem Dorf, wo er sich offenbar eine besonders attraktive Rennstrecke zum Joggen ausgesucht hatte. Oder hinterher noch die Einkaufsmöglichkeiten nutzen wollte. Wer weiß. Als Beyer an der letzten Abzweigung vor diesem einsamen Weg aus dem Wagen stieg, sah Pineda seine Chance gekommen, setzte ihn mit einem gezielten Schlag auf den Hinterkopf schachmatt und verfrachtete ihn ins Gebüsch. Wo er Ihnen als bereits verstorben erschien."

„Ich habe auch gedacht, ich sterbe, nachdem Daniel mich traktiert hat. Ich war auch bewusstlos."

„Aber doch noch zu lebendig für Pinedas Geschmack. Als er Ihre Schlüssel und Ihre Uhr in der Tasche seiner Frau entdeckte, von denen sie selbst zugab, dass sie der Eigentümer der Fundstücke seien – Sie als alten Freund aus Londoner Tagen hielt sie wohl für harmlos genug, um nicht seinen Argwohn hervorzurufen –, hatte er endgültig genug von ihren Eskapaden. Er hatte ihr vorher schon aus Wut die Kreditkarten gesperrt, er war finanziell und geschäftlich ohnehin unter Druck, da gehen die Nerven schnell durch."

„Er hätte sie doch vor die Tür setzen können."

„Wie mir zu Ohren kam, ist auch Ihnen das in entsprechender Situation nicht gelungen."

„Ich habe den Kontakt abgebrochen und die Stadt verlassen."

„Aber doch wohl nicht direkt nach dem Vorfall von damals …"

Woher wusste er denn das? Von Stella? Wie konnte sie das herumerzählen?

„Woher wissen Sie das?"

„Herr Harms hat sich nach einer Phase der Zurückhaltung dann doch sehr gründlich an der Aufklärung des Falls beteiligt. Guter Mann."

Hanne! Was war ihm eingefallen, meine scheußlichsten Geheimnisse an Malo auszuplaudern. Und damit, noch schlimmer, vermutlich auch Christoph in Kenntnis zu setzen. Hanne konnte was erleben. Ich sah zu Christoph, der immer noch an meinem Bett saß, fein lächelte und fast unmerklich nickte.

„Pineda also wollte seine Gattin ebenfalls behalten. Abgesehen von den ehebrecherischen Handlungen ja auch ein beeindruckendes Paar, die beiden. Er beschloss, Beyer aus dem Weg zu räumen, für immer, und dabei den Verdacht auf Sie zu lenken. Ihre Leine als Mordwaffe, der Tatort in unmittelbarer Nachbarschaft, Ihre Uhr am Tatort deponiert. Perfekt. Ein Nebenbuhler tot, der andere lebenslänglich weggesperrt. Und dann besaßen Sie die Dreistigkeit, in seinen eigenen Räumen aufzutauchen."

„Nicht annähernd so dreist wie Daniel damals in meinen."

„Nun gut, Pinedas nervliche Anspannung, der Mord, seine miserablen Geschäfte, das lateinamerikanische Temperament ..."

„Er ist US-Amerikaner."

„Ein Landsmann, wie auch immer, der die Arbeit der Bremer Justiz zu langsam fand – wir sind eben gründlich hier – und seine Angelegenheiten auf Cowboy-Art regeln wollte. Nachdem er Ihnen einen ordentlichen Schlag verpasst hatte, dachte er, warum nicht gleich ganz aus dem Weg mit dem Webeken, besser ist besser. Und es würde wie ein Selbstmord aussehen. Er wartete also ab, bis Sie wach wurden, verwickelte Sie in ein Gespräch und ließ Sie völlig freiwillig das Mittel trinken. Alkohol mögen Sie ja wohl, oder?" Malo sah mir direkt in die Augen.

„Brandy eigentlich nicht."

„Aber unter Männern, da trinkt man schon mal was. Auch, wenn man's nicht mag. Eigene Erfahrung. Als er Sie dann ein für alle Mal für erledigt hielt, fuhr er Sie zum Schuppen und legte Sie in die Schubkarre: Sie sollten der Mörder sein, der nicht zurechtkommt mit seiner Schuld und sich dann als Sühne am Tatort mit Gift das Leben nimmt. Psychologisch durchdacht." Er nickte wissend.

„Eher psychopathisch, finde ich." Das belegten auch die weiteren Fakten, wie ich von Christoph erfuhr:

Daniel hatte mir ein paar Besuche abgestattet, um mich noch ein bisschen zu terrorisieren, bevor mich die Polizei als geistig umnachteten Täter hinter schwedische Gardinen bringen würde. Oder vielleicht in eine andere geschlossene Anstalt. Wo ich wohnte, wusste er aus Stellas Adressbuch. Sie ist altmodisch wie ich und hat noch eins aus Papier. In der Nacht, nachdem ich den bewusstlosen Marco Beyer im Busch gefunden hatte, war Daniel noch einmal in den Ort gekommen. Mit einer toten Ratte als Präsent für mich, die er mir mittels Schlüssel in die Küche legte. Mittels Schlüssel hatte er auch die Garagentür geöffnet und die Tatwaffe entwendet. Bei seiner nächsten Visite band er Frido am Gartenzaun an, nachdem er ja nun von seiner Existenz wusste – und wusste, wie verstört ein seinen Vierbeiner liebendes Herrchen darüber wäre. Das Verschwinden meines Hundes würde mich dementsprechend richtig wahnsinnig machen und so hatte er die Tür zum Garten geöffnet. Den Rest erledigte Frido allein.

Kapitel 28

Ich war wieder zu Hause und konnte partout nicht mehr über ein einsames Eremitenleben jammern. Was, mal abgesehen von Herrn Brettschneider, vermutlich auch der Grund dafür war, dass ich so gut aufgelegt war und viel weniger traumatisiert von den jüngsten Erlebnissen im lütjenschen Geräteschuppen, als zu erwarten gewesen wäre. Auch Frido war bester Laune und freute sich offenbar über die glückliche Rückkehr seines Herrchens. Oder über die tägliche Anwesenheit von dessen Nachbarin, die ihn, den tapferen Helden und Lebensretter, mit Schweineohren und anderen Leckerbissen verwöhnte.

Auch mich versorgte Emmy rührend. Sie lief in meiner Küche zu Hochform auf, um mich wieder richtig aufzupäppeln. Seit dem Tod meiner Mutter waren hier weder Hühnerfrikassee noch Roulade mit Rotkohl und Salzkartoffeln noch Gulasch zubereitet worden. Ich glaube, das mochten sogar die Töpfe. Von mir ganz zu schweigen.

Darüber hinaus entspann sich ein erstaunliches soziales Netz in meinen Räumen. Da der Fall abgeschlossen und ich nun wieder ein angesehener Bürger mit blütenweißer Weste war, noch dazu einer, der unschuldig in ein übles Ehebruchsdelikt verwickelt worden war, konnten Christoph und ich unsere Beziehung zeigen. Nicht, dass wir uns auf offener Straße küssten oder so etwas, aber alle dachten sich natürlich ihren Teil. Doch wer so viel durchmachen musste wie ich, hatte sich einen Sonderstatus leidlich verdient. Da war die Dorfgemeinschaft sich einig.

Peter-meine-Jugendsünde-Lütjen selber verhielt sich ebenfalls ausgesprochen zuvorkommend. Sehr nett. Ich bedankte mich für den schnellen Anruf beim Rettungsdienst, was er mit einem knappen „da nich' für" quittierte – norddeutsch für ‚keine Ursache'. Danach diskutierten wir die Empfindlichkeit von Anemonenbeeten gegenüber plötzlichem Frost und ich konnte nicht umhin, sofort zu imaginieren, wie glühend er Christoph beneidete um einen schmucken Lebensgefährten wie mich. Und wie gern er an seiner Stelle wäre. Nach all den Jahren dann doch noch glücklich vereint.

Kapitel 29

„Fritze. Willst du mich noch haben?"

Erst einige Tage, nachdem ich aus dem Krankenhaus entlassen worden war, ließ Hanne sich bei mir sehen. Ich kannte ihn. Er hatte wirklich ein schlechtes Gewissen und wollte die Begegnung so lange wie möglich hinausschieben. Männer. Typisch. Inzwischen hielt ich mich für einen bewanderten Experten in Geschlechterfragen. Ich thronte auf meinem Sitzpolster. Hanne saß mir gegenüber, in jeder Hinsicht geknickt. Zwischen uns lag Frido.

„Für eine Eheschließung ist es jetzt zu spät. Bin bereits vergeben."

„Ich weiß schon. Fritze, ich schäme mich so. Ich hätte dir gleich alles sagen müssen. Und ja auch Malvoisier und Brettschneider."

„Du kannst ihn Christoph nennen. Und wahnsinnig was geändert hätte das ja vermutlich auch nicht, oder?"

„Du hättest nicht das Gefühl gehabt, dem Wahnsinn zu verfallen – mit dem verschwunden Hund, den offenen Türen, der Uhr. Und der Leine natürlich. Du hättest einen zuverlässigen Freund an deiner Seite gebraucht in dieser Situation."

„Hatte ich ja dann auch." Hanne sah aus wie ein waidwundes Reh.

„Alles hätte sich viel schneller geklärt."

„Klar ist immerhin, dass sie Daniel, diesen Schurken von einem Schönling, für ewige Zeiten aus dem Verkehr ziehen werden. Ich muss absolut zugeben, dass mir das gefällt."

„Alles andere wird dir weniger zusagen. Stella war bei mir." Er rieb sich nervös die Sprungschanzennase. „Über Nacht."

„Ich dachte, Daniel wollte sie nicht vor die Tür setzen." Ich runzelte die Stirn und verstand nicht ganz. Davon hatte mir Malo nichts gesagt. Auch Christoph nicht. War das jetzt Solidarität unter Polizisten?

„Hat Daniel ja auch nicht. Sie kam nur, weil sie zu dir wollte. Aber du warst nicht da. Und dann fiel ihr wieder ein, dass ich auch hier wohne und dass ich bei der Polizei bin. Die Dienststelle hatte sie gesehen, als sie auf dem Weg zu deinem Haus war, und plötzlich stand sie in der Tür. Ich hab sie gleich erkannt."

„Stella wollte zu mir? Wann war das denn?"

„Ist schon 'ne Weile her. Etwa vier Wochen vor dem Mord."

„Und du sagst mir gar nichts? Von Stella? Und dass sie zu mir wollte?" Ich war fassungslos.

„Es war mir so schrecklich unangenehm, Fritze. Ich fühlte mich, als hätte ich dich betrogen."

„Betrogen? Wieso das denn?" Langsam dämmerte es mir. „Hast du etwa ...?" Der ominöse Liebhaber zwei!

„Aber nur einmal. Fritze, sie hat es darauf angelegt. Sie brauchte jemanden."

„Und dann musstest du unbedingt ihr Liebhaber werden?“ Ich war wirklich schockiert. Und wütend.

„Sie hatte kein Geld und war verzweifelt.“

„Du hast sie bezahlt für die Nacht?“ Hanne mochte vielleicht gewisse professionelle Services im Internet nutzen, aber das ging ja wohl wirklich zu weit.

„Ich hab ihr Geld gegeben. Aber nicht dafür.“ Er war gekränkt.

„Ah.“

„Ja. Sie kam in die Dienststelle, ziemlich außer sich. Ich war komplett von den Socken. Erstens wegen der Überraschung. Und dann war sie auch wieder so ... attraktiv wie damals. Und Sie brauchte Trost. Ihr Mann behandelte sie schlecht.“

„Sie ist fremdgegangen.“

„Aber das hat sie mir doch nicht gesagt. Sie sagte, ihr Mann wäre einfach krankhaft eifersüchtig und cholerisch und hätte ihr alle Kreditkarten und das Handy gesperrt. Sie hatte kein Bargeld und nicht einmal mehr genug Benzin im Tank, um zurück nach Hamburg zu fahren. Ich hatte Dienstschluss und einen Reservekanister zu Hause. Den wollte ich holen. Dann sind wir zu mir gefahren und sie blieb.“

„Und warum wollte sie zu mir? Auch, um zu bleiben?“

„Um dich um Hilfe zu bitten. Sie wusste doch, dass du das könntest, finanziell. Und dass du nicht weit von Hamburg wohnst.“

„Immerhin zwei Stunden mit dem Wagen.“

„Wenig für amerikanische Verhältnisse.“

„Deshalb hat Daniel das auch gar nicht bemerkt, oder wie? Ich meine, einem krankhaft eifersüchtigen Mann müsste doch aufgefallen sein, dass seine Frau über Nacht wegbleibt.“

„Er war geschäftlich unterwegs, wie meistens, hat sie gesagt.“

„Und ausgerechnet, wenn ich sie besuche, kommt er vorzeitig zurück.“

„Du warst doch schon anderweitig interessiert.“

„Ja, genau deshalb wollte ich auch mein Leben nicht jetzt schon beenden.“

Hanne hatte Stella 1500 Euro gegeben. Die hatte er im Haus gehabt. Für Notfälle. Das hier war in seinen Augen einer. Stella, verführerisch und verzweifelt, vom unberechenbaren Ehemann ihrer wirtschaftlichen und persönlichen Handlungsfähigkeit beraubt. Viel später, nach dem Mord, stellte Hanne fest, dass mein Schlüsselbund nicht mehr am Haken an seinem Schlüsselbrett hing und auch sonst unauffindbar war. Er hätte sofort zur Polizei, also in diesem Fall zu Malvoisier und Christoph, gehen müssen, da ja Fridos Leine, die Mordwaffe, aus meiner vermeintlich abgeschlossenen Garage entwendet worden war.

Er vernahm sich lieber selbst: Er war nicht an meiner Garage gewesen, das wusste er. Seit wann die Schlüssel fehlten, wusste er nicht. Außer ihm selbst hatte kaum jemand sein Haus betreten in der letzten Zeit. Ich irgendwann, so ungefähr vor zwei Monaten einmal. Und Stella. Nur: Warum sollte Stella meine Schlüssel nehmen? Hatte sie sich bei mir vor ihrem Mann verstecken wollen und könnte den Schlüssel deshalb genommen haben, um sich bei Bedarf jederzeit Zutritt zum Haus zu verschaffen? Andererseits war sie dann nicht zu mir geflüchtet, das hätte ich ihm bestimmt erzählt, und sie hätte ja auch wieder zu ihm kommen können. Als Mörderin von Marco Beyer käme sie ohnehin nicht infrage. Selbst wenn sie irgendein noch nicht ersichtliches

Motiv gehabt hätte, würde ihr definitiv die Körperkraft fehlen, einen Mann zu strangulieren.

Blieb ich. Doch hätte ich vermutlich etwas gesagt, wenn ich meine Schlüssel wieder mitgenommen hätte. Oder hatte ich doch etwas mit der Sache zu tun? Jogger konnte ich nicht ausstehen. Ein Menschenhasser war ich ohne jeden Zweifel. Aber doch kein Mörder? Und mein Motiv? Hanne beschloss, über die Schlüssel zu schweigen und weder Stella noch mich in noch mehr Schwierigkeiten zu bringen. Schwierigkeiten hatte er mir schließlich ja schon gemacht, als er Malvoisier von der Videokassette erzählte. Für sich wollte er allerdings auch keine Probleme. Womöglich geriete er plötzlich selbst in Verdacht, was ihn mit Sicherheit den Polizeiposten kosten würde.

„Ich hatte das Gefühl, einfach alles falsch zu machen, Fritze. Erst das mit Stella. Und dann musste ich Fridos Leine einkassieren und plötzlich gegen dich ermitteln und kaum sag ich was, schadet es dir. Und als die Schlüssel fehlten, war ich so in der Zwickmühle, dass ich's kaum ausgehalten hab. Ich hab mich scheußlich gefühlt."

„Du hattest Angst um deinen Job."

„Jaaa. Aber doch auch um dich, wirklich, das musst du mir glauben."

Ich glaubte ihm. Schließlich war er mein ältester Freund und es war offensichtlich, dass er alles meinte, was er sagte.

„Kannst du mir verzeihen, Fritze?"

Frido, der sich in seinen Arm gekuschelt hatte, sah mich ebenso gespannt an wie Hanne. Ich konnte.

„Klar kann ich. Also mach ich das auch. Ohne dich wäre ich ja schon in den himmlischen Gefilden. Oder in der Hölle. Je nachdem. Und das gerade jetzt, wo sich im heimischen Flecken Erde alles so teuflisch gut entwickelt. Außerdem wäre ich als scheintote Pseudoexistenz verstorben ohne deinen Einsatz. Jetzt dagegen, also wenn ich dann in Jahrzehnten mal den Weg allen Fleisches gehe, habe ich zumindest das Leben ausgekostet."

„Das war auch Stellas Einsatz. Und Fridos." Er streichelte den Hund, der seine Lauscher aufstellte.

„Ich weiß. Wo wir von Auskosten reden: Die Belohnungsschweineohren müssten ihm bereits aus seinen eigenen wieder herauskommen."

Frido schritt auf mich zu und ließ sich erwartungsvoll vor meinem Platz nieder.

„Frido", ich schüttelte den Kopf, „ich hab kein Ohr zur Hand."

Enttäuscht rollte er sich auf dem Boden ein. In der Küche müssten noch Hundekekse sein, ich würde ihn später damit besänftigen.

„Tranquilizer nimmst du aber wirklich nicht, oder?" Ich wandte mich wieder Hanne zu. Christoph hatte mir bereits gesagt, dass das Pillendöschen in Hannes Garten von Stella stammte. Aber ich musste mich noch einmal vergewissern.

„Nein, nehme ich nicht. Stella hat sie bei mir verloren."

Das war es gewesen, was sie bei meinem Besuch so anders hatte wirken lassen als früher. Sie war nicht nur unglücklich, sie betäubte sich auch.

„Deshalb also die Sache mit Marco Beyer", sinnierte ich erfreut. „Das Zeug wirkt wie ein Liebestrank. Damit sieht die letzte Vogelscheuche aus wie Amor himself."

Hanne sah mich brüskiert an.

„Oh", erschrocken beugte ich mich vor und legte entschuldigend meine Hand auf sein Knie, „so habe ich das doch nicht gemeint. Verzeih."

Kapitel 30

„Das ist für Hanne." Stella hielt mir einen Umschlag hin, der 1500 Euro enthielt.

„Kannst du ihm doch selbst geben." Sie rollte die blauen Kulleraugen.

„Er würde sich bestimmt freuen." Würde er, das wusste ich.

„Was verstehst du denn davon? Oder habe ich jetzt ganz überraschende Entwicklungen verpasst?" Sie stiefelte im Wohnzimmer auf und ab. In kniehohen Modellen aus dunkelviolettem Leder, darüber ein anthrazitfarbener, sehr weiter Wollrock und ein kurzer Pulli in der Farbe der Stiefel. Offensichtlich beeindruckten Ausstattung und Ambiente meiner Räumlichkeiten sie, insbesondere das Allerheiligste, das Wohnzimmer. An der Vorstellung eines solchen Moments hatte ich mich beim Einrichten selbstverständlich ausgiebig berauscht.

„Einige." Mich aufrichtend setzte ich mit liebenswürdigstem Lächeln zur triumphalen Aussage an. „Zum Beispiel möchte ich dich nicht mehr zur Frau nehmen." War das gut. Nicht die Gewissheit, die hatte ich ja nun schon länger. Die Gelegenheit, es vor ihr auszusprechen. Schön, dass sie vorbeigekommen war.

„Blödsinn." Ich hatte keinen Whisky im Haus und sie musste mit Sherry, dem, wie sie fand, Alte-Tanten-Drink, vorliebnehmen. „Du warst doch schon immer schwul und wolltest mich trotzdem heiraten. Oder was soll die Sache mit Hanne gewesen sein?"

„Eifersüchtig?" Das wurde ja immer besser; ich hatte den Tag meines Lebens.

„Blödsinn! Doch nicht auf euch."

„Mit dem verstorbenen Herrn Beyer können wir locker mithalten, finde ich."

Sie warf mir einen vernichtenden Blick zu und schüttete sich den Tantentropfen in die Kehle. Ich schenkte höflich nach.

„Wenn man Durst hat, muss man trinken. Und manchmal ist eben nicht im Haus, was man braucht."

„Hättest du dich angekündigt ..."

„Das war eine Parabel."

Die sich auf den nunmehr festgesetzten Ehegatten bezog. Daniel war viel geschäftlich unterwegs, Stella allein in der neuen Wohnung, in einer Stadt, in die auch sie nicht hatte ziehen wollen. Sie war emotional unterversorgt und langweilte sich. Und ihr Mann verfügte zwar über dieses Paar beeindruckender Glutaugen, doch sah er ihre Verfassung nicht. Sie hatte begonnen, ein bisschen viel zu trinken und dazu Tabletten zu nehmen, die definitiv keine Vitamine waren. Sein Business beanspruchte ihn und er fand, er arbeite letztlich doch für sie. Für sie beide. Eines Tages, wenn er alle Probleme gelöst hatte, so hoffte er, würde sie das verstehen. Nur hatte mittlerweile die spätere Leiche es verstanden, seine benebelte Ehefrau zu trösten. Süchtig und sehnsüchtig hatte sie sich in die Arme geworfen, die verfügbar waren. Auch Beyer war letztlich also nur ein Platzhalter für Daniel gewesen. Darüber war sich Daniel jedoch nicht im Klaren – darüber, dass Stella ihn wirklich liebte und vermisste und sich einsam in Hamburg nach seiner Zuwendung sehnte. Das Problem Marco Beyer hätte ganz unspektakulär mit Liebe und Verständnis gelöst werden können.

„Warum hast du überhaupt meine Uhr eingesteckt?"

„Aus Nostalgie. Sie war ein Teil von dir, du hattest sie schon in London."

Wie ich ihre Pillendose vor Hannes Garten, hatte sie meine Uhr im Gras vor dem Haus gefunden. „Ich bin direkt mit dem Schuh drangestoßen. Als du auf mein Klingeln nicht reagiert hast, bin ich um das Haus gelaufen, um durch deine Fenster zu sehen. Ich dachte, du bist vielleicht doch da. Früher hast du dich auch manchmal verkrochen."

„Dich habe ich immer reingelassen."

„Ich wollte auch wissen, wie es bei dir aussieht. Und plötzlich lag die Uhr da, ich musste sie einfach nehmen. Das Armband war abgerissen. Vielleicht hätte ich es irgendwann erneuern lassen und sie dir zurückgegeben."

„Jetzt habe ich sie ja wieder. Ich hätte doch das Armband gleich austauschen lassen sollen."

„Ich wusste doch nicht, dass Daniel meine Tasche kontrollieren würde. Zum Glück hatte ich das Geld von Hanne schon versteckt. In einer Plastiktüte, die ich in eine Vorratsbox mit Mehl geschoben habe."

„Todsicherer Platz. Dass du dich so einer Substanz nähern würdest, hätte er nie für möglich gehalten."

„Alle meine anderen Sachen hat er gefunden."

„Weshalb ja auch ich von deinem Schlafmittel probieren durfte. Wie bist du bloß an das Zeug rangekommen?"

„Es ging mir nicht gut. Mein Psychiater hat mir gesagt, welche Medikamente ich nehmen soll."

„Du hast also wirklich einen? Sollten die nicht lieber therapieren?"

„Ich habe keine Lust zu reden. Ich brauche etwas, das sofort wirkt, verstehst du?"

„Was ich nicht verstehe: Christoph sagt, dein Killerschlafmittel, das ich genommen habe, gibt's auf legale Weise nur noch mit widerlichem Geschmack, damit es einem niemand mehr unauffällig in den Drink mixen kann."

„Keine Ahnung. Der Arzt bestellt alles für mich."

„Ist der vertrauenswürdig? Du nimmst doch hoffentlich nichts mehr davon?"

Sie sah wieder mehr aus wie die „alte" Stella, fand ich.

„Nur manchmal." Sie wich meinem Blick aus und arrangierte anmutig ihren Rock. Inzwischen hatte sie auf einem der Kissen Platz genommen. Ich machte mir ehrlich Sorgen.

„Willst du nicht ein bisschen hierbleiben und dich erholen – an der guten Landluft? Wäre wirklich gesünder gewesen, du hättest dich damals für mich entschieden."

„Wegen ein bisschen Kuhgeruch?"

„Wie's aussieht, habe ich sogar mehr Kröten."

Die Journalisten von *Kreisblatt*, *Weserkurier* und *Hamburger Abendblatt* waren begeistert gewesen von der internationalen Wendung im ländlichen „Schubkarrenmord" und hatten alle möglichen Details aus Daniels Leben recherchiert und veröffentlicht. Unter anderem seine angeschlagene Wirtschaftslage.

„Jetzt hast du mehr. Außerdem wollte ich einen Mann und keine Memme mit Kunstverstand."

„Der dir seine Zuneigung zeigt, indem er Beyer ermordet, mich zum Verdächtigen und dann fast zur nächsten Leiche macht?"

„Du hast es ja überlebt."

„Mit deiner Hilfe, ich weiß doch, Stella. Ich werde dir ewig dankbar sein, dass du das für mich getan hast." Und das meinte ich auch so. „Aber zu dir war Daniel doch sonst nicht gewalttätig oder?"

„Nein, vorher nicht. Er ist einfach durchgeknallt."

„Und hat es geschafft, in seiner Wahnsinnswut mehrere Male unbeobachtet hierher zu fahren. Ich werde nie verstehen, wie ihm das gelingen konnte. Hier observiert jeder jeden. Wenigstens Emmy müsste ihn gesehen haben. Seit wann bleibt Emmy ein attraktiver Mann mit elegantem Wagen verborgen? Noch dazu, wenn er direkt gegenüber auf dem Grundstück herumschleicht?" Ich reichte Stella eine Schale mit Käsestangen, die ich inzwischen geholt hatte. Eigentlich wollte sie nichts essen, aber ich dachte, zumindest eine kleine „Unterlage" für den Sherry wäre gut. „Oder", ich dachte über die Möglichkeit nach, „Emmy wird doch älter, obwohl man es nicht sieht. Und konzentriert sich jetzt nur noch auf Apfelmus-Einkochen und solche Sachen."

„Emmy war schon alt, als ich sie damals gesehen habe, Fritz."

Stella nahm die Schale mit den Käsestangen und stellte sie auf ihren Schoß.

„Jedenfalls ist es Daniel gelungen, mich an meinem empfindlichsten Punkt zu treffen."

„Dein Hinterkopf."

„Mein Hund, bei seinen Besuchen."

„Frido?" Sie sah zweifelnd auf den Hund, der pikiert einen Sicherheitsabstand einhielt, nachdem sie ihn bei ihrem Eintreffen ziemlich schroff beiseite geschoben hatte, um weitere Kontakte zwischen seiner Nase und dem Stoff ihres Rocks zu vereiteln.

„Ich bin fast hysterisch geworden, als ich ihn an dem einen Morgen draußen angeleint fand. Ich war furchtbar verkatert und dachte schon, ich hätte das getan. Im Vollrausch irgendwelche perversen Handlungen ausgeführt. Ich traute mir selbst nicht mehr. Ich hab ja auch nichts gehört von Daniel. Nicht einmal Fridos Gebell."

„Daniel kann mit Hunden umgehen. Er hatte schon als Kind welche. Sie vertrauen ihm."

„Besonders, wenn er einbricht und sie im Regen vor dem Haus anbindet. Frido hätte ihn zerfleischen müssen. Was, Frido? Aus dem nächsten Einbrecher machen wir Brathund." Ich wandte mich wieder Stella zu. „In der Nacht mit der Ratte hat er angeschlagen."

„In der Nacht mit der Ratte warst du nicht so sturzbetrunken, dass du nichts mehr mitbekommen hast. Und Daniel ist nicht eingebrochen. Er hatte Schlüssel."

„Das ist natürlich ganz etwas anders."

„Ich wollte deine Schlüssel für mich. Ich sah sie bei Hanne hängen, im Flur, mit deinem Namen drauf. Das war Schicksal, so konnte ich immer zu dir, auch wenn du nicht zu Hause wärst. Ich wusste ja nicht, wann Daniel sich wieder beruhigt, und 1500 Euro reichen nicht lange."

„Das würde Hanne sicher anders sehen."

„Der braucht doch gar nichts in seiner Bruchbude."

„Doch. Er braucht einen anderen Menschen um sich. Du doch auch."

„Du willst mich unbedingt in Gummistiefeln sehen, stimmt's? Oder warum soll ich in eure Einöde ziehen und mit deinem Ex eine WG gründen?"

„Er ist nicht mein Ex. Und er käme bestimmt auch nach Hamburg. Ihm könnte ich wenigstens meinen Hund anvertrauen."

Sie zerbrach eine Käsestange, biss in die eine Hälfte und reichte die andere mit spitzen Fingern Frido, der sie, noch immer beleidigt, mit ebenso gespitzter Schnauze entgegennahm. Den Hals fuhr er aus wie ein Teleskop, um größtmöglichen Abstand zu halten.

Kapitel 31

War ich froh, dass ich meine Aggressionen durch Körnerzerbeißen an Joggerbrötchen abreagieren konnte. Dafür sollte ich über meine Essgewohnheiten bei Alkoholmissbrauch nachdenken. Oder besser gleich vom Alkoholmissbrauch absehen. Macht ja auch keinen guten Eindruck, wenn man mit einem Partner zusammenlebt, den man behalten möchte. Für die roten Flecken auf meiner Bettwäsche in der Nacht, in der er Frido an den Zaun band, konnte Daniel nämlich nichts. Die hatte ich alleine zu verantworten. Ich hatte Grillsoße gelöffelt, die Hanne einmal bei mir hatte stehen lassen. So etwas habe ich ja sonst gar nicht im Haus, aber in betrunkenem Zustand erfreut sich mein Gaumen offenbar an rustikalen Aromen. Ich fand die Flasche ganz hinten unter meinem Bett – nachdem ich aus dem Krankenhaus entlassen worden war, hatte ich das Bedürfnis nach einem in jeder Hinsicht reinigenden Großputz.

Auch mit Mäuschen war wieder alles im Reinen, sie hatte mich besucht. Ihr Verhalten täte ihr leid, sagte sie, aber irgendwann sei sie nicht mehr sicher gewesen, ob ich Marco nicht doch getötet hätte. Und sie hätte mich gemocht und dann geglaubt, ich würde sie nur für irgendeine abartige Befriedigung benutzen wollen. Ob ich sie verstehen könne? Konnte ich. Sie trug jetzt wieder ihre Uhr. Es war wirklich ihre; ihr Mann hatte sie tatsächlich von einem Kunden bekommen. Und nach ihrem Werkstatt-Aufenthalt in der Schweiz lief sie wie neu. Ich musste mir eine neue kaufen und dachte lange darüber nach, ob ich dasselbe Modell noch einmal nehmen sollte. Nach ausführlichem Beraten mit Christoph entschied ich mich dagegen. Eine neue Zeit im Leben war angebrochen und das wollte ich auch beim Blick auf die Uhr sofort sehen.

Kapitel 32

Samstag, 22.30 Uhr, einige Wochen nach den ganzen Ereignissen, lief wieder *Blue Velvet* im Fernsehen. Christoph, der den Film auch kannte, meinte, ich solle ihn mir jetzt noch einmal in fachkundiger Gesellschaft ansehen. Also zusammen mit ihm, schon damit dieses Mal von vornherein bewiesen wäre, dass ich nicht nebenbei einen Mord beginge. Hanne, der dieses Mal die Programmzeitschrift gründlich gelesen und mich auch auf den Sendetermin aufmerksam gemacht hatte, lud sich selber zu uns nach Bremen ins Puschenkino ein und brachte Butterkuchen mit. Als Dessert für die belegten Schnittchen, die Christoph und ich stilecht für einen Fernsehabend zubereitet hatten. Damit Hanne mit Christoph ein Bier trinken konnte – ich blieb beim Sauvignon –, wurde verabredet, dass er über Nacht im Gästezimmer logieren würde.

Gegen 22.40 Uhr klingelte das Telefon. Malvoisier war am Apparat. In der Bremer Innenstadt, zu Füßen der Hirtenskulptur in der Sögestraße, war eine Leiche gefunden worden, deren totenstarre Finger ein Schweineohr umklammerten.

„Tut mir leid, Liebling, ich muss sofort los." Christoph hielt bereits seine Jacke in der Hand.

„Ich komme mit." Hanne sprang eilig aus seinem Sessel.

Ich stellte den Fernseher aus und die Schnittchen kalt und ließ mich am Küchentisch nieder.

„Komm, Frido, wir essen einen Keks."

Hanne und Christoph verstanden sich wirklich gut.

Schade, dass der Krimi zu Ende ist?

Dann lesen Sie am besten gleich weiter:
Ein Auszug aus *Zum Sterben nach Kairo*
von Andrea Karimé.

Als Kairos Blut auf die Straße floss,
warf Hala einen Blick in fremde Betten,
sah Mina eine tote Katze vor der Haustür,
warf Philemon einen Blick in den leeren Morgen,
fiel Anastasia ein Stein auf das Herz.

Ich heiße Kairo und ich sage nichts mehr. Ich lausche lieber. Dem Wind zum Beispiel, wie er Dinge durch die Gegend trägt und sich im Staub verfängt. Der wilde Wind. Ich kenne euch alle. Und ich streife durch die vertrocknete Stadt oder fahre mit der Metro. Das kann ich jetzt endlich tun, früher hat man mich abgehalten. Vor allem meine Schwester. Nur einkaufen gehen, das ist mir erlaubt. Vor allem Brot. Das Brot, das mir meine Ehre raubte.

In der Metro kann ich einfach nur zuhören und beobachten. Wie die Eingänge Gesichter einsaugen und auswerfen wie ein Automat Münzen. Kein Gesicht sieht mich. Die Metrostation ist nicht in meinem Viertel. Schon lange ist eine in unserem Stadtteil geplant, eine, die uns mit dem Midan Tahrir *verbinden soll, dem kranken Herzen Kairos, doch sie ist nicht gebaut worden. Immer noch muss man viele Schritte tun, um die Station zu erreichen. Ach, ich bin viel gelaufen in meinem Leben, unzählige schwere Schritte, vielleicht so viele wie Sterne am Himmel sind? Jeder Schritt ist nun ein Stern. Ja! Und wenn ich durch meine Straße gehe, ziehe ich eine Spur, ich leuchte, nur bin ich ein roter Engel. Und ich suche.*

Seit ich ein Engel bin, besuche ich, wen ich will. Heute ist es die nette Lehrerin, die mir an der Straße des 26. Juli immer begegnet. Sie sagt jedes Mal: „Warum gehst du nicht mehr in die Schule?“

Die Lehrerin hat keine Ahnung vom Leben. Meine Schwester hat mich aus der Schule gerissen: „Ab heute gehst du mit mir Taschentücher verkaufen.“

Hefte und Stifte sind zu teuer. Ich beginne meiner Schwester zu helfen.

Das war vor sechs Jahren. Heute bin ich vierzehn.

Meine Schwester bestimmt mein Leben. Ich suche sie, sie ist eine kleine magere Hündin geworden, und sie läuft vor mir davon. Sie ist die Einzige, die das kann, denn die Dschinnija *hat Macht über sie.*

Meine Mutter hätte mir das niemals angetan. Sie hätte mich an ihr Herz gezogen, dort hätte ich mich ausruhen können.

Meine Schwester ist neidisch, aber sie kann doch sichergehen, dass im wirklichen Leben die Dschinnija *immer zu spät ist. Heute ist die* Dschinnija *Anastasia gekommen. Sie hustet durch unser verschleiertes Viertel und fragt nach mir. Auf die Treppenabsätze spuckt sie krankes Wasser. Sieht sie denn nicht den großen Blutfleck auf der Straße? Es ist der Teufel gewesen. Ich muss sie warnen, denn nun ist er hinter ihr her.*

Wie nach einer lustvollen Rauferei richteten Anastasia und der junge Mann ihre Kleider. Anastasia zog sich eine frische Bluse über und begann ihre Frisur erneut herzurichten.

„Was ist nun, brauchst du Geld? Ich hätte einen Auftrag für dich."

Frisch toupiert trat sie in den Wohnraum.

Aber das Herz lässt sich nicht toupieren.

„Was für einen Auftrag?"

Von Ferne erklärte er ihr, was sie für ihn tun sollte, aber sie hatte das Gefühl, dass es nur die halbe Wahrheit war.

Er war aufgestanden, auf ihren winzigen Balkon gegangen und zündete sich nun eine Zigarette an. Er hielt ihr das Päckchen hin.

Anastasia fühlte sich, als hätte sie eine eiskalte, zähe Flüssigkeit geschluckt.

„Was für eine Behandlung?"

Sie begann ebenfalls zu rauchen, blieb aber mit der Zigarette dort stehen, wo sie war. Walid ging gar nicht auf ihre Frage ein.

„Du hast doch sonst nichts mehr zu tun."

Er soll gehen und zwar sofort, dachte Anastasia und griff sich nervös ins Haar. Außerdem fühlte sie einen Druck im Magen, irgendetwas wollte da den Hals hoch.

„Mir geht es ausgezeichnet, danke, und jetzt geh bitte", sagte sie mit fester Stimme und ließ vor Aufregung Asche auf den Boden fallen.

„Wir könnten zusammen sehr viel Geld machen."

Es half nichts, sie musste sich übergeben, und zwar genau da, wo sie stand. Und die bittere Fontäne landete auf seinen italienischen Schuhen.

„Pass doch auf!", rief er und verschwand in ihrem Bad.

Anastasia spürte, dass er sie in dunkle Geschäfte hatte hineinziehen wollen. Der Sex zwischen ihnen hatte die süße Fessel werden sollen, das ersehnte Zuckerbrot, das Bestechungsgeld. Aber Walid hatte sich geirrt. Der Sex bedeutete Anastasia nichts.

Seit diesem Vorfall wagte sie nicht mehr, nach Kairo zu fliegen.

Sie wollte nicht einmal wissen, welcher Art Walids Geschäfte genau waren. Anastasia verfluchte den Moment der Schwäche, in dem sie sich erlaubt hatte, die Kontrolle über ihr Verhalten zu verlieren.

Noch etwas anderes drohte kurze Zeit später, Kontrolle über ihr Herz zu gewinnen. Es wurde krank.

Am Tag danach bemerkte sie ein Ziehen in den Beinen, das sich den ganzen Tag über verschlimmerte. Abends hatte sie geschwollene Fesseln, schwer und dick wie mit Wasser gefüllte Luftballons. Über Nacht wurde es besser, aber auch am nächsten Tag schwollen die Fesseln wieder langsam und stetig an. Anastasia unterließ es allerdings, den Arzt aufzusuchen. Sie war es nicht gewohnt; als Apothekertochter hatte sie immer genügend Medikamente im Haus gehabt. Außerdem hätte jeder Mediziner ihr geraten, das Rauchen aufzugeben. Sie beschloss, es mit einem harntreibenden Tee zu versuchen.

Und sich in das, was man Altwerden nannte, zu ergeben.

Anastasia besuchte ihre Familie nicht mehr. Sie gab vor, einen der Flüge verpasst und einen anderen vergessen zu haben. Ihre Schwester Nadja begann sich Sorgen zu machen und fragte sie aus.

„Wie alt bist du? Wo wohnst du? Wie viel wiegst du? Wo bist du geboren?"

Offenkundig dachte Nadja, sie sei an Alzheimer erkrankt. Anastasia bemühte sich nicht, sie aufzuklären, beantwortete lediglich geduldig ihre Fragen.

Ein andermal gingen Nadjas Fragen in eine deutlich andere Richtung.

„Willst du nicht doch irgendwann heiraten? Hast du einen Freund? Wohnt noch jemand bei dir?"

„Was soll die Fragerei?", rief sie aufgebracht ins Telefon, aber in Wahrheit beschlich sie die irrationale Angst, Nadja könnte etwas von ihrer kurzen falschen Leidenschaft gehört haben. Er war viel jünger als sie und hatte keine Heiratsabsichten – was unter ägyptischen Gesichtspunkten inakzeptabel war.

Etwa zu dem Zeitpunkt, als der Dauerhusten begann, schickte ihre Schwester ihren Sohn Philemon, der ein herzensguter, weicher Junge war, öfter zu ihr. Er war denkbar ungeeignet für den Spitzeldienst und beichtete sofort, dass seine Mutter ihn gebeten hatte, sie auszuhorchen.

Was ihm furchtbar leid tue.

„Ich weiß nicht, was sie hat, Tante Anastasia, du bist doch ganz in Ordnung. Nur zum Arzt solltest du mal gehen. Und das Rauchen …“

Anastasia war ihrem Neffen sehr dankbar, dass er sie so häufig besuchte, sie sprachen ägyptisch, was herrlich war, auch für ihn. Die Muttersprache ließ ihr Herz aufgehen, selbst wenn sie längst auf Deutsch träumte.

Ihr Husten wurde immer schlimmer und dazu plagten sie immer größere Ängste. Sie wusste nicht, wovor, ahnte aber, dass sie mit Walid zu tun hatten. Nachts wachte sie schweißgebadet auf und hörte ihr Herz rasen. Wieder und wieder träumte sie von seinem kalten Blick.

Philemon drängte sie schließlich, einen befreundeten Arzt aufzusuchen.

„Es ist das Herz“, sagte der Mediziner bedauernd, verschrieb ihr starke Medikamente, empfahl eine Kur und regelmäßige Kontrolluntersuchungen. Von einem Kairobesuch riet er ihr ab.

Nun hatte sie der Schwester gegenüber eine noch bessere Ausrede.

Eine Kur kam überhaupt nicht in Frage.Die Vorstellung, sich in eins dieser Gesundheitszentren einsperren zu lasen und mit dem Rauchen aufhören zu müssen, lösten bei Anastasia neue Ängste aus.

Die Medikamente beschwichtigten das schlimmste Symptom, die Angst. Doch das reichte nicht.

Der Herzinfarkt erreichte sie auf der Treppe zu ihrer Wohnung. Mit letzter Kraft schaffte sie es, einen Notarztwagen zu rufen.

Sie sah Walid nur von weitem. Vor einem Ärztehaus am Neumarkt stand er und suchend schaute er umher. Anastasia schloss die Augen, um zu überprüfen, dass sie sich nicht täuschte. Doch beim Wiederöffnen musste sie feststellen, dass er wirklich dort stand.

Sie zündete sich eine Zigarette an. War er wegen seiner schmutzigen Geschäfte in Deutschland? Hatte er eine andere Verbündete gefunden? Eine Araberin? Wenn ja, kannte Anastasia sie mit Sicherheit.

Sie warf die Zigarette weg und eilte in die Bibliothek gegenüber, er durfte sie nicht sehen, und an der Art, wie die Bilder vor ihren Augen schwankten, nur ganz leicht, wusste sie, dass sie bald scheußliche Gewissheit haben würde. In ihrer Brust stolperte das Herz mit schweren Schritten aufwärts. Anastasia dachte für einen kurzen Moment an den Herzinfarkt und die damit verbundenen Strapazen. Sie setzte sich in eine versteckte Ecke im Zeitungsraum, tat so, als würde sie lesen, und schloss die Augen wieder.

Ihr Herz war wie in einem Käfig; sie bekam kaum Luft.

Dann begann sie zu sehen. Und das, was sie da voraussah, war grauenhaft.

Ein blutiges Verbrechen.

Anastasia unterdrückte einen Schrei und versuchte die Lider zu öffnen, doch es war nicht möglich.

Der Tatort war Kairo. Das Opfer ein Mädchen. Blut.

Irgendwann, es schien eine Ewigkeit zu sein, wurden ihre Lider leichter. Und es ging vorbei. Sie verfluchte ihre Hellsichtigkeit. Ihr war hundeübel geworden. Sie öffnete die Augen und schaute sich um.

Sie war nicht in Ägypten, und wie ein Pfeil schoss die Erkenntnis in ihr Hirn, dass Walid es auch nicht war. Dafür gab es nur zwei Erklärungen:

Er hatte das Verbrechen bereits begangen.

Oder er würde es noch begehen.

Das durfte nicht geschehen. Anastasia musste das verhindern.

Nein, nicht sie, jemand anders musste es für sie tun, denn Anastasia wusste, dass sie einen Kairobesuch eventuell nicht überleben würde.

Doch wie? Sollte sie ihre Schwester anrufen, ihr von der Vorhersehung berichten und von der ganzen Geschichte mit Walid? Das war unmöglich, Nadja würde nichts mit diesen Dingen zu tun haben wollen, auch wenn sie, Anastasia, ihr von all ihren Vorhersehungen erzählt hätte. Es war ein sehr schöner Abend gewesen, kurz nach dem Tod ihres Vaters. Aber Nadja hatte sie dennoch nur ungläubig angeschaut. Nadja kam nicht in Frage, überhaupt konnte es niemand aus Kairo sein.

Anastasia erhob sich schwerfällig vom Stuhl und lief zum Eingang der Bücherei. Mit letzter Kraft schleppte sie sich in ihre nahe gelegene Wohnung und legte sich aufs Sofa. Kleine Blitze schossen vor ihren Augen vorbei. Es war lächerlich. Sie hatte den Schneid und die Ehre, ein Menschenleben zu retten. Sie war keine Heldin, aber das Bild des blutenden Mädchens ließ sie nicht mehr los. Nachdem sie ihr Spray genommen und ihr Herz sich beruhigt hatte, überlegte sie mit mehr Besonnenheit.

Wer wollte in der nächsten Zeit nach Kairo fahren? Es musste jemand sein, der unauffällig genug war, um diese Aufgabe zu übernehmen. Und karitativ genug.

Erst am Abend fiel es ihr ein. Sie suchte die Telefonnummer einer Studentin heraus, die dringend Ägyptisch lernen wollte, bevor sie nach Kairo fuhr. Anastasia hatte überlegt, ob sie nicht doch mit dem Unterrichten anfangen sollte, jetzt, wo sie auch ihre letzten Aufträge beim Radio verloren hatte. Dann hatte sie die Idee wieder verworfen, aber den kleinen Zettel, den sie vom schwarzen Brett im *Café Goldmund* abgerissen hatte, behalten.

Es meldete sich eine Frau namens Sal, und sie verabredeten sich für den nächsten Tag. Doch das Gespräch verlief anders, als Anastasia es sich vorgestellt hatte. Statt ihr zu helfen, reagierte Sal geradezu hysterisch auf Anastasias Erscheinen und auf ihre Bitte, in Kairo nach dem Mädchen zu suchen, bevor ein Unglück geschähe.

Anastasia war irritiert. Sah sie so heruntergekommen aus? Machte sie der Studentin Angst?

„Sie sind eine Betrügerin, verschwinden Sie oder ich hole die Polizei!“, schrie Sal.

So schnell sie geglaubt hatte, eine Lösung gefunden zu haben, so schnell fand sie sich wieder auf der Straße. Allerdings schlauer als zuvor.

Niemand würde die Verantwortung, die auf ihren Schultern lastete, von dort hinunterstoßen, geschweige denn sich selbst aufbürden.

Sie, Anastasia, musste nach Kairo zu fliegen, ob sie wollte oder nicht.

Die Warnungen ihres Arztes, nicht zu fliegen, hallten ihr im Ohr, als sie zum Friseur ging und sich gegen ihren eigenen Geschmack die Haare blond färben ließ. Dann kaufte sie neue Kleider. Sie beschloss, von nun an eine Jeans zu tragen, in die sie einen braunen Rollkragenpulli stopfte. Auch der Schmuck sollte dezent sein, genau wie bei ihrer deutschen Nachbarin. Kleine hässliche Goldringe im Ohr und eine Kunstperlenkette über dem Pulli.

Nur die hauchdünnen Goldreifen am Arm konnte sie nicht lassen.

Üblicherweise wohnte sie bei ihrer Schwester in *Mohandissin* und konnte daher problemlos über die Brücke des 26. Juli nach *Zamalek* laufen. Dort mietete sie sich diesmal für eine Woche in ein Hotel ein. Weder ihrer Schwester noch sonst jemandem hatte sie von ihrem Besuch erzählt. Das, was sie zu tun hatte, musste geheim bleiben. Sie nahm ein Taxi und fuhr zu einem Teehaus, in dem hauptsächlich Touristen verkehrten.

Um Kulsum sang dort aus den Boxen von den Wassern des Nils, den die Kairoer ihr Meer nennen. Anastasia trank einen Milchkaffee und blätterte in der Tageszeitung. Gerade wollte sie sie weglegen, als ihr Blick auf die Überschrift eines kleinen Artikels fiel.

Mädchen auf offener Straße verblutet. Arzt gesucht.

Anastasia wusste sofort, dass es das Mädchen war. Und das Schlimmste: Sie es hätte verhindern können.

Das, was sie jetzt noch tun konnte, war jämmerlich. Sie musste für Gerechtigkeit sorgen. Sie musste die Wahrheit, die in ihrem Inneren hauste, ans Licht bringen. Musste Walids Nummer herausbekommen und ihn zur Rede stellen.

Davon würde das Mädchen allerdings nicht mehr lebendig werden.

Walid zog mit zwei Fingern seine Haare nach hinten, als Anastasia ihm den Zeitungsausschnitt unter die Nase hielt.

Was zum Teufel wollte sie hier?

„Das warst du!“, sagte sie.

„Was war ich?“

Zuerst hatte er sie überhaupt nicht erkannt. Die Haare hatte sie blond gefärbt, die Augen waren gespenstisch eingefallen und die Falten waren mit Make-up gefüllt wie mit Kitt. Wann hatte er sie zuletzt gesehen? Sie und ihre letzten Feuer? War ihm denn da gar nicht aufgefallen, wie alt sie aussah? Jetzt umgab sie ein Hauch von Asche. An ihren Armen klimperten dünne Goldreifen, die alles, was sie sagte, dramatisch unterstrichen.

Sie hustete und begann in ihrer Handtasche nach etwas zu suchen. Dann zog sie ein rotes Spray hervor. *Nitrospray*, registrierte Walid.

Es schien schlecht um sie zu stehen.

„Das Mädchen: Du hast sie verstümmelt und getötet."

Sie saßen in ihrem Hotelzimmer um einen klapprigen Tisch herum und tranken Kaffee. Walid ließ bei dem Wort „verstümmelt" die Tasse auf den Teller fallen. Seine Kinnlade fiel herunter.

„Bist du verrückt geworden? Ich weiß nicht, wovon du sprichst."

„Du bist ein Mörder. Das Mädchen ist verblutet."

Er sah, wie Anastasia die Arme auf den Sessel stützte, damit das Atmen leichter würde. Sie war schwer krank. Aber ihre Anschuldigungen waren lächerlich. Selbst wenn er derjenige gewesen wäre, woher hätte sie das wissen sollen?

Trotzdem spürte er etwas wie Schweiß auf der Haut. Nur klebriger. Er nahm den Zeitungsausschnitt unter die Lupe.

„Du musst verrückt sein, Walid. Wozu hast du studiert, die Schule besucht?"

Sein Stuhl begann zu schwanken.

Irgendwann hatte es ja so kommen müssen. Viele starben daran. Er hatte das bisher allerdings noch nicht erlebt. Verdammt, die Kuh hatte recht. Oder?

Der Ort stimmte nicht. Kein Mädchen aus Kairo! Das wäre viel zu gefährlich gewesen.

Die Polizei geht davon aus, dass die Beschneidung in Kairo stattgefunden hat. Auch wird vermutet, dass ein Arzt den Eingriff vorgenommen hat. Der Vater will von dem Eingriff nichts gewusst haben.

„Meine älteste Tochter hat sich um solche Dinge gekümmert. Sie hat die Kleine umgebracht!“ Doch die Schwester des Opfers ist spurlos verschwunden. Der Vater wurde vorläufig verhaftet.

„Walid, ich werde der Polizei von dir erzählen. Es sei denn, du übernimmst das selbst. Wie du weißt, ist das strafmildernd.“

Jetzt erst verstand er, was sie wirklich wollte. Seine Hände zitterten.

„Willst du Geld?“

„Du gibst es also zu?“

„Nein! Also willst du Geld?“

Wieder kramte sie in ihrer Handtasche nach dem Spray. Dabei fiel eine Tablettenschachtel heraus. *Clopidogrel.* Sie muss einen Herzinfarkt gehabt haben, dachte Walid.

„Ich möchte, dass du dich selbst anzeigst, du Schwein.“

Das Zittern verstärkte sich, doch dann wurde er ruhig. Wahnsinnig ruhig. Er schaute sich um. Was tat er hier?

Plötzlich hustete sie wieder, begleitet von pfeifendem Atem.

Er lachte.

„Ich soll ein Mädchen umgebracht haben? Du träumst, Anastasia.“

Sie hustete stärker und ihr Gesicht lief rot an. Das war das Symptom, vielleicht hatte er Glück.

„Ich will nicht, dass noch ein Mädchen sterben muss. Ich habe schon viel zu lange gewartet.“

Wieder hustete sie. Ihr Atem war röchelnd. Sie stand auf und schenkte sich Wasser ein.

Am nächsten Tag lief Anastasia über die Straße des 26. Juli, um sich etwas Obst zu besorgen und einen Tee in ihrem Lieblingsbuchladen zu trinken.

„Anastasia?"

Es war ein spitzer Schrei aus einem Auto heraus. Ihre Schwester hatte sie trotz ihrer Verkleidung erkannt.

Hysterisch zog Nadja sie in den Wagen und brachte sie zu sich nach Hause.

„Ich wusste, dass du krank bist, ich wusste es!"

Ihre Schwester bestand darauf, noch einmal nach *Zamalek* zu fahren, um sich um das Gepäck der Schwester zu kümmern und die Hotelrechnung zu zahlen.

Anastasia legte sich schlafen. Einige Stunden später wurde sie von einem Klingeln geweckt.

Walid spürte den Keim der Erleichterung, als er vom Tode Anastasias hörte. Gerade noch rechtzeitig. Heute war der dritte Tag. Sie musste wahnsinnig gewesen sein, ihm nachzustellen.

Damals hatte ihn das erregt, diese Irrationalität, dieses leise, hohe, irre Lachen. Er hatte sie haben wollen, ganz. Und dabei störte es ihn nicht, dass sie älter als er war. Ganz im Gegenteil. Verdammt, er hatte sich selbst nicht verstanden, damals.

Etwas störte ihn an seinen Gedanken. Ah, er war dabei, zu Mittag zu essen. Wie war das Lamm in seinen Mund gekommen?

Sich selbst hatte er vormachen wollen, dass er es nur aus beruflichen Gründen mit ihr getrieben hatte. Er war sich damals so sicher gewesen, dass sie mitmachen würde. Stattdessen war er bei ihr sofort unten durch gewesen.

Immer packte er es falsch an. Nur die Eingriffe klappten wie am Schnürchen. Sifri hatte ihm damals angeboten, in seiner Praxis mitzuarbeiten, auch ohne Abschluss.

Das Lamm schmeckte vorzüglich. Plötzlich schien er Schreie zu hören, doch welche? Es war scheußlich, wenn die Mädchen wach wurden. Er musste dann immer sehen, dass er Land gewann.

Anastasia war also tot.

Was für Walid von Vorteil war. Doch da war etwas, was ihn zutiefst beunruhigte. Konnte es sein, dass Anastasia noch am Leben gewesen wäre, wenn er nicht die Tabletten entwendet hätte? Hatte er nicht gehofft, dass sie der Schock darüber töten würde? Töten? Nein, gewiss nicht. Er hatte nicht wirklich dran geglaubt. Ihr Angst einjagen wollte er. Sie konnte sich das Zeug in jeder Apotheke bestellen. Was hatte sie sich dabei gedacht, ihn zu verdächtigen? Zugegeben, er hatte das Mädchen beschnitten. Aber dennoch war es eine Frechheit, was diese Frau sich herausgenommen hatte. Gedemütigt hatte sie ihn. Strafmildernd. Unverschämtheit!

Doch nun konnte sie ihn nicht mehr anzeigen. Sein Schwager hatte den Tod festgestellt. Außer ein paar blonden Haaren war ihm nichts aufgefallen.

Tot. Nicht ermordet. Und trotzdem quälten ihn seine Schuldgefühle.

Hala Habidi war gerade beim Besichtigen eines Büroraums in Ehrenfeld, als ihr Handy klingelte. Nummer unterdrückt. Vielleicht unverhoffte Kundschaft, dachte Hala, die gern fremde Betten observierte. Zumindest von außen. Der Ausblick des Raums war sehr gut. Die Elstern wilderten in der Weide auf dem Hof, die Äste sahen aus wie Verlängerungen ihrer Federn, eine grüne Königin. Ein idealer Tag eigentlich, um sich in ein Café zu setzten und vorbeilaufende Kölner in Hektik zu beobachten. Aber sie brauchte das Büro dringend. Seit einiger Zeit hatte Hala Habidi Fälle zugetragen bekommen: „Kannst du nicht mal meine Freundin ...?" „Ich glaube, er betrügt mich."

Hala liebte das Schnüffeln. Schon von jeher. Nie würde sie vergessen, wie sie einmal als Kind in einem Pornoheft des Vaters dessen Schwager erkannt hatte, in einer ihr unerklärlichen Pose, nackt, mit schmerzverzerrtem Gesicht. Was hatte das zu bedeuten? Es hatte tagelang Hausarrest gegeben und unter Androhung schlimmster Strafen hatte man ihr das Versprechen abgerungen, nie ein Sterbenswörtchen darüber zu verlieren. Aber gelauscht hatte sie. „Ein Schwein", sagte ihre Mutter, „der kommt nicht mehr in unser Haus." Hala wusste, wer gemeint war. Ihr netter Onkel Brahim, der schon häufiger von Mama beschimpft worden war. Mal war er ein Schwein, mal ein Hammel. Und auf keinen Fall ihr Bruder. Hala fand das gemein, denn sie mochte den Onkel. Nur, dass er seine kleine Tochter, Halas Cousine, an einen Freund in den Libanon verschenkt hat, störte sie dann doch. Das war auch eine ihrer Aufgaben. Verschwundenes Leben wieder auffinden.

Hala hatte eine untrügliche Nase für das, was sie nicht wissen sollte. Geheimnisse. Sofern sie eines witterte, kam eine Neugierde in Gang, die geradezu übernatürliche Formen annahm. So war das immer gewesen. Zum Leidwesen ihrer Eltern, Kollegen und schließlich auch Freundinnen.

Nichts konnte man vor ihr verbergen, kein Weihnachtsgeschenk, keinen Versicherungsbetrug, keinen unbedeutenden Seitensprung.

Deswegen war es für Hala auch besser gewesen, wieder allein zu sein.

Mit der Liebe hatte sie abgeschlossen, zumindest hatte sie sich das nach der letzten Katastrophe vorgenommen. Hier und da eine ungefährliche heiße Liebschaft, dagegen war nichts einzuwenden. Zumal sie sich dafür nicht besonders anstrengen musste. Die Liebschaften flatterten ihr zu wie die Amseln ihrem Balkon. Obwohl nicht das zu holen war, was sie suchten. Nicht dass Hala besonders hübsch gewesen wäre. Wenn sie genau überlegte, sah sie aus wie hunderte andere Frauen auch. Kurzhaarfrisur, ansehnliche dunkle Augen, sportliche Kleidung. Nur war sie vielleicht ein wenig größer, und alles, was an durchschnittlichen Frauen grau und gelb und rosa war, war an ihr milchkaffeebraun. Mehr nicht. Hala achtete peinlich darauf, sich nicht zu verlieben. Nach zwei, drei Treffen brach sie den Kontakt ab. Bisher war ihr das blendend gelungen, worauf sie stolz war.

„Hier ist Philemon aus dem Zentrum."

Ah, einer von unserer Fakultät, würde ihre Kollegin sagen.

Unsereiner. Die Elstern kreischten sehr laut. Blasiertes Vogelvieh.

„Einen Moment, bitte", sagte Hala zu dem Vermieter.

„Ich muss dich sprechen. Können wir uns in einem Café treffen?"

Ich wüsste eigentlich nicht, wieso, dachte Hala irritiert, doch irgendetwas ließ sie unsinnig nicken.

Das, was er Zentrum nannte, war das Rubicon, ein Treffpunkt und Beratungszentrum, in dem sie kürzlich den aus Ägypten stammenden Philemon kennengelernt hatte. Er hatte einen Vortrag über die Lage der Homosexuellen in

Ägypten gehalten und sie danach angesprochen. Er war ein feiner Pinkel. Ein Ingenieur. Zu fein, meinte Hala.

Eigenartige Stimmung, die durchs Telefon kletterte. Hala sagte ja. Dieser Anruf hat ungeahnte Konsequenzen, dachte sie plötzlich. In einer halben Stunde im *Goldmund*. Vorher fiel der Blick wieder ins Büro. Es war passend, aber zu teuer. Hala hatte sich zwar entschlossen, ihr geregeltes Berufsleben aufzugeben und ihre bisher unterdrückte Neigung zum Schnüffeln voll auszuleben. Nur Geld war keins vorhanden. Also musste ein billigeres Büro her.

In diesem Augenblick fiel Regen auf die Äste ihrer Überlegungen und Fragen, ertränkte sie fast und gab dann auch noch vor, ihnen Gutes zu tun. Unfreundliche Wasser!

Im Café sprach Philemon leise, als hätte er Angst, dass ihn jemand hören könnte.

„Meine Tante Anastasia ist tot. Angeblich an Herzversagen gestorben."

Hala bestellte Hähnchenkeule, obwohl sie wusste, dass sie sich bei deren Ankunft für den Genuss eines vom Teller ragenden gebräunten Tierbeins schämen würde. Auf dem Tisch lagen in metallischer Rüstung Pillen von Philemon.